黃色壁紙

英美短篇小說精選｜1｜

全新情境配圖典藏版

The Yellow Wallpaper

Selection of English & American Short fiction I

夏綠蒂・柏金斯・吉爾曼 等／著
王若英／譯

八方出版

序

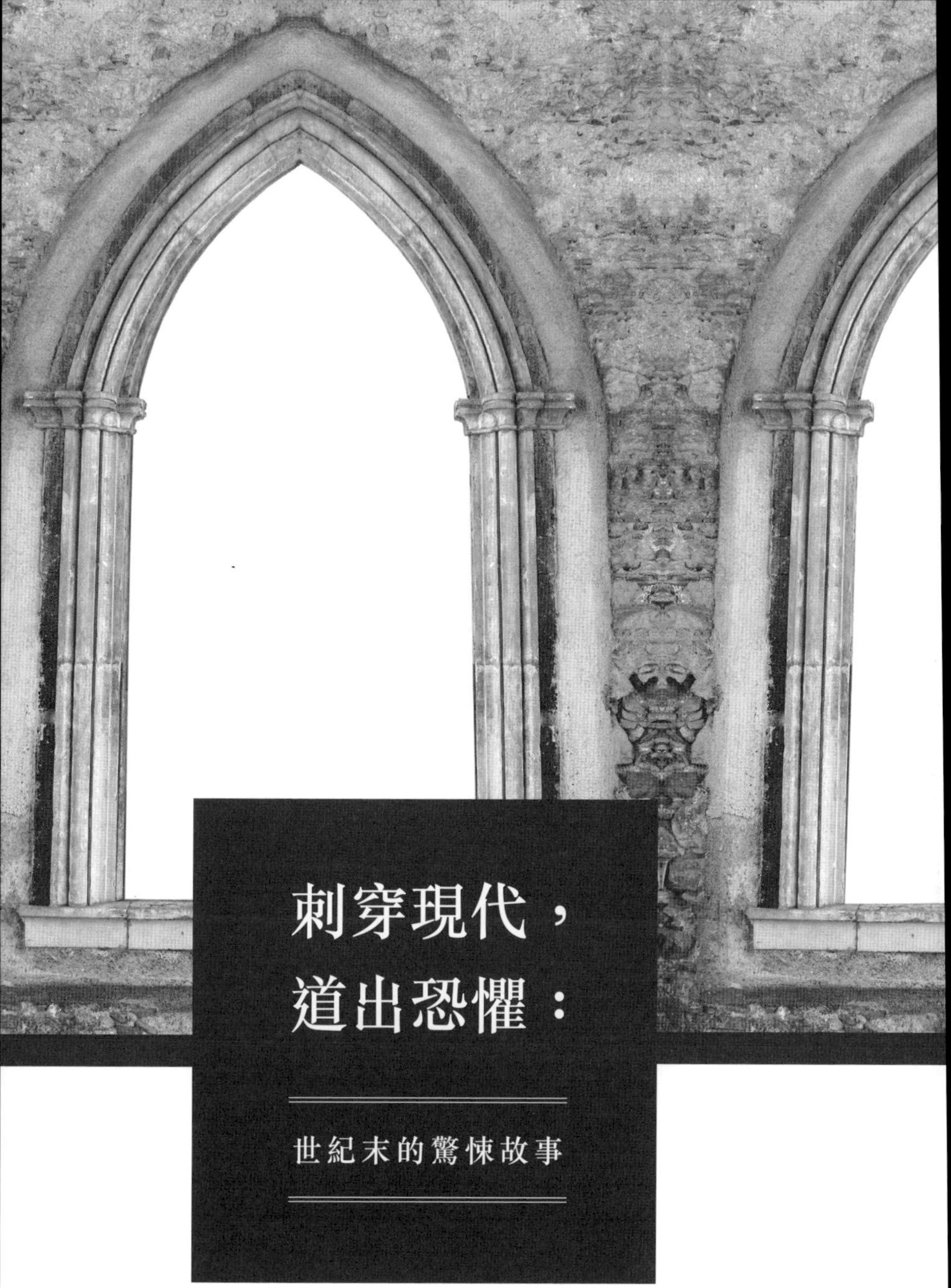

刺穿現代，道出恐懼：

世紀末的驚悚故事

十九世紀末至二十世紀初可說是英語驚悚故事的黃金時期。大西洋兩岸名家輩出，無論英國或美國，出版各式各樣千奇百怪的短篇故事或中篇小說。這些作品紛紛探究前所未有的題材、人類智識難以解釋的領域，舉凡吸血鬼、超自然現象、來自海外異域的奇聞軼事等，迎合滿足當時閱讀市場的胃口。主流作家如賀伯特・喬治・威爾斯（Herbert George Wells）等也不能免俗地嘗試驚悚故事。透過中文翻譯，現在的讀者也有機會一窺當時膾炙人口的作品如〈卡蜜拉〉、〈盲眼國〉等。透過文字的引領，讀者能夠用心想像並思考許多現代社會不願目睹，卻始終揮之不去的現象。藉由故事閱讀，除了感受情意面向的經驗（神經緊繃、欲罷不能的亢奮與好奇）之外，在理解的面向，不啻對現代英美國家的社會文化底蘊有進一步的認識領略。

本書共收錄五篇世紀末的驚悚故事，均出自名家手筆，處理諸如金錢、權力、慾望以及階級、性別、種族等議題。這些議題不僅成為當時社會的焦慮，也一直是現代社會無可避免的課題。十九世紀的英國與美國，由於工業革命，在科技與經濟上的進步，連帶影響社會文化的改變。到了十九世紀末，隨著資本家逐漸取代封建時代的貴族地主，人民貧富差距拉大，加上海外的殖民擴張，科學知識日益蓬勃發展，人們對於日常生活中各種體制的層層規範，各種突如其來或不明究理的變化，越發感受到不安與焦慮。驚悚故事的創作者往往借力使力，運用巧妙的敘事技巧，娓娓道出時人對時代社會的恐懼與疑慮。

〈卡蜜拉〉(1871) 原文收錄於約瑟夫・雪利登・拉芬努 (Joseph Sheridan Le Fanu) 的小說集《渾暗的玻璃杯》(In a Glass Darkly)。該書除了各自獨立的五個故事之外，拉芬努還塑造了馬丁・赫希里斯醫生 (Dr. Martin Hesselius) 和他的醫學秘書兩個角色，為全書的故事又增加一層框架故事。藉由醫學權威代表提供框架敘述，拉芬努將全書的故事設計成脫胎自赫希里斯醫生收集的病例研究。而且，他透過框架敘述強調這些故事多是針對一般讀者、經過編輯、重述的病例，突顯故事遊走於醫學診療與敘事藝術的界域。

不同於該書的其他故事，〈卡蜜拉〉是透過第一人稱敘述的觀點，由主人翁蘿拉，在事件發生的十多年後，在眾人的殷切期盼下，「顫抖地寫下當初那段既迷惑又恐怖的往事」。出身資產階級的蘿拉幼年喪母，喪母的遺憾和匱缺成為她童年時期潛藏的心理創傷。育嬰室內出現的謎樣女子，還有「彷彿有兩根針同時扎進胸口的感覺」象徵潛藏的創傷，而創傷之深刻遠非父親、神父、保姆和醫護人員等能夠安撫。奇妙的是，卡蜜拉的出現召喚了蘿拉對亡母的渴望，二人從相遇相識到形影不離。蘿拉不知不覺中深受卡蜜拉的影響，忍不住模仿卡蜜拉的行徑。而且，詭異的是，蘿拉經常作惡夢，夢中不僅再次感受幼年時兩根針扎的痛楚，也感受到某個謎樣女子對她既愛撫又緊勒的情景。儘管惡夢連連，蘿拉卻無法自拔，深陷無法理解的迷戀。對蘿拉而言，卡蜜拉的「呢喃聽來彷彿是搖籃曲，安撫我的抗拒，讓我變得恍惚，彷彿只有脫離她的懷抱才能恢復神智」。拉芬努也刻意將卡蜜拉描寫成資本主義時代下封建制度的餘孽，與蘿拉的亡母一樣來自遙遠匈牙利的卡恩斯坦家族。在小資產家庭出生成長的蘿拉眼中，卡蜜拉慵懶的生活作息、優雅的談吐，代表著不曾聽聞的古老國度。

然而，在現代社會，一旦個人的慾望強烈到無法控制，甚至傷及無辜，這種慾望勢必被妖魔化，演變成社會眾人必須處理的任務。卡蜜拉身為吸血鬼的故事情節似乎印證了這個現象。就像吸血鬼的天性是要增殖繁衍自己的族類，拉芬努將蘿拉對亡母的曖昧情愫刻劃成她與卡蜜拉彼此供血不死的糾結慾望表現。故事中，雖然蘿拉形容日益憔悴慘白，但是她始終依戀著謎樣的卡蜜拉。最後，經由將軍等男性權威人士舉證及鑑定，卡蜜拉乃卡恩斯坦伯爵夫人不死屍體轉變的女吸血鬼。確定其非我族類之後，將軍等遵照古法將棺木中伯爵夫人的屍體，以木樁穿心，毀屍成灰。如此驚恐駭人的境遇，教蘿拉永生難忘，事過境遷之後，即使離家遠行，她始終無法忘卻卡蜜拉，「難以言喻的恐怖陰影」仍時時籠罩著她。

如果卡蜜拉凝聚了少女蘿拉對亡母的強烈慾望，夏綠蒂．柏金斯．吉爾曼(Charlotte Perkins Gilman)〈黃色壁紙〉(1892)中的女主角則展現了女性為人妻及初為人母的種種焦慮與掙扎。婦女分娩後荷爾蒙變化劇烈，在十九世紀末男性主導的醫療體制下，家境較優渥的產婦，通常會依據醫囑「休息靜養」一陣子，類似東方所謂的「做月子」。不同的是，依照當時醫學的角度，荷爾蒙失調導致產婦歇斯底里，猶如患病，最好能隔離治療，與家人朋友甚至初生的孩子隔離，而且遠離勞神動腦的工作。但是，吉爾曼的〈黃色壁紙〉強烈質疑這種父權中心的診療方式。誠如她在故事發表若干年後表示，根據她的親身經驗，這種所謂隔離靜養的治療不但讓病情毫無起色，而且只會讓接受這種治療的婦女瀕臨精神崩潰。吉爾曼這篇直接挑戰父權醫療體制的故事，不僅在當時引起相關醫療執事人員的關注回應，也為許多類似經驗的婦女發聲，被視為女性書寫的代表作品。

和拉芬努的故事一樣，〈黃色壁紙〉也是第一人稱敘述，故事中的敘述者，同時也是主角的無名女子，分娩後在醫生丈夫的安排下，搬進了偏遠別墅，而且選擇了頂樓的育嬰室為主臥室。因為不被准許工作及寫作，女主角只得趁四下無人之際偷偷寫日記。因此，整個故事是以女主角零星片段的紀錄組成；而故事的情節則主要圍繞女主角對育嬰室牆上壁紙的觀察和描述。起初，窮極無聊之際，只是「噁心的硫磺色」教她作噁，但是，日子久了，女主角逐漸以為壁紙上「到處都是荒謬執拗的眼珠子」，甚至覺得有「一個怪異、惱人、形狀模糊的物體，躲在庸俗刺眼圖案後面鬼祟遊蕩」。在月光皎潔的夜晚，女主角竟然產生幻覺，認為壁紙圖案後有時有許多女人，有時又只有一個女人。她彷彿看見壁紙圖案後的女人在爬行，在搖晃圖案，於是她起身幫助壁紙裡的女人一起拼命撕扯壁紙。藉由女主角對壁紙的痴迷妄想，吉爾曼具體而微地描述了女主角精神日趨衰弱潰散的症狀。但是，在此同時，藉由角色撕扯壁紙的動作，吉爾曼也道出倍受壓抑的女性對醫療父權不滿、企圖衝破層層束縛的強烈渴望。就像故事最後，女主角儼然成為壁紙圖案後女人的化身，開心說道：「我終於逃出來了！我已經將大部份的壁紙撕掉了，你們再也不能將我關回去了！」

拉芬努和吉爾曼的故事均以位於歐洲及美國本土的城堡、豪宅為故事場景，這些宅第寬敞幽深，位於國境內偏僻遙遠、人煙罕至之處，而〈魔瓶〉(1891)、〈猴掌〉(1902)和〈盲眼國〉(1904)則將故事的地理疆域擴及南美洲和美洲大陸以外的地方。大英帝國猶如日不落國的年代，歐洲中心的思維底層實際上也潛藏著對海外異邦的遐想與不安。威廉・懷馬克・雅各 (William Wymark Jacobs) 的〈猴掌〉雖然是以英國本土為故事場景，但是，來自遙遠印度的猴掌，卻像魔咒般震撼了國境內平凡的小資產家庭。威爾斯故事裡所謂的「盲眼國」則是位於南美洲厄瓜多山區，一個與世隔絕的村落，一個摒棄視覺文明，純粹「以靈敏耳朵與指尖發展出的幻想世界」。至於羅伯特．路易士．史蒂文生(Robert Louis Stevenson)的〈魔瓶〉，主人翁窮小子奇威則來自美洲大陸以外的夏威夷，一心渴望在家鄉蓋一座美麗的「陽光之屋」。

若是比較故事主題與主要角色之間的關係，有趣的是，〈卡蜜拉〉與〈黃色壁紙〉處理女性情慾與身體的議題，而〈魔瓶〉、〈猴掌〉和〈盲眼國〉則刻劃了不同階級的男性角色涉入權力與金錢的議題。〈魔瓶〉可視為史蒂文生對現代資本主義社會金錢交易的反思與批判。故事中的魔瓶猶如金錢，而魔瓶的交易就像金錢的流通。魔瓶滿足了買賣雙方彼此的慾望，舉凡樓房、財富、愛情和名望，都可以透過魔瓶交易。但是，一旦慾望滿足之後，唯有將魔瓶脫手，擁有者方能免於地獄的劫難。至於買高賣低，而且必須使用零錢的潛規則道出了這種金錢交易的剝削本質。就像老人對主人翁奇威所說：「除非主人滿足現狀，無欲無求，否則災難必將降臨」。更可怕的是，永無止盡的交易，彷彿一再延緩的地獄，只是「將自己的救贖建築在別人永世的苦難上」。

如同〈魔瓶〉裡的角色，在現代社會，不分貴賤，不分種族，幾乎無人能倖免於金錢交易之外。故事的敘事者細數了魔瓶歷任的擁有者：包括傳說中的國王、拿破崙、庫克船長、住在舊金山的老人、來自夏威夷的奇威和科庫雅、街上的年輕白人、還有一心一意買醉的捕鯨船舵手。無論真實或虛構，無不受制於個人的慾望。奇威為了醫治他罹患的痲瘋（中國魔），和妻子科庫雅前往當時法國殖民的島嶼，利用當地的貨幣制度產生匯兌的價差，換取更多交易的機會。為了丈夫，科庫雅不惜獻出自己的靈魂，央求老人轉手買下魔瓶。不知情的奇威，雖然因賣掉魔瓶而從萬劫不復中脫身，卻無法從金錢交易的邏輯裡抽身。好不容易發現他對妻子的誤解，感激妻子對他的犧牲，奇威不得不想辦法找到新的魔瓶買主，才能挽救妻子的性命。故事的最後，爛醉的舵手買下了奇威手中的魔瓶，揚言這瓶子是他遇到最好的陪葬品。隨著魔瓶的故事告一段落，從社會及經濟的層面來看，生活糜爛的舵手彷彿成了這個剝削式交易體系的代罪羔羊，奇威和妻子也因彼此擅用交易的潛規則而得以在「陽光之屋」快樂生活。但是，故事揭露的慾望邏輯，還有人們不斷因慾望而利用剝削的運作，恐怕才是史蒂文生企圖傳遞的訊息吧！

除了永無止盡的金錢交易之外，歐洲中心思維底下的殖民擴張，實際上也衍生出許多歐洲白人無法理解的怪現象或傳說。帝國主義鼎盛的年代，除了某些能跨越地理障礙、翻山越嶺或經由海洋穿越國界的人，大部份的尋常百姓多是透過人或物等媒介經驗所謂的異域風情或殖民地文化。〈盲眼國〉和〈猴掌〉可視為作家對當時帝國殖民的關切與省思。

〈猴掌〉的故事場景設在英國境內的尋常百姓家，雖然只是一個關於命運天定的許願故事，但是故事的角色及情節安排均緊扣當時帝國主義時代的脈絡。故事中看似次要卻具關鍵性的角色——莫利斯總士官長，多年前原是年輕瘦弱的倉庫工人，遠赴印度這個海外殖民地之後，長成高大魁梧、面色紅潤的男士。他在溼冷的風雨夜晚造訪懷特一家，並帶來魔咒般的戰利品，一只能實現三個願望卻同時導致不幸的乾癟猴掌。不外乎對財富及名位的慾望，懷特先生不顧莫利斯的警告，留下了如同天方夜譚般的猴掌，也和兒子賀伯特玩笑似地許願，希望擁有兩百英鎊。毫無疑問的，雅各筆下的猴掌，是一個曖昧的轉喻，不僅召喚英國本土對物質財富的好奇與嚮往，同時也需要使用者付出難以想像的代價。故事中，願望成真的同時，懷特夫婦必須付出喪子的代價。突如其來的兩百英鎊，實際上是兒子賀伯特工作時被捲入機器喪命的賠償金。驟然喪子的懷特夫婦該如何接受這天外飛來的橫財，同時又該如何面對這晴天霹靂的打擊？思兒情切的老夫妻能否利用宛如魔咒般的猴掌許願死去的兒子復活？故事的情節發展結合驚悚與幽默，細節鋪陳引人入勝，直到故事結束依然令人低迴不止。雅各巧妙地運用一只來自異域猴掌的故事帶出帝國殖民對英國本土造成何等的不安衝擊。

如果〈猴掌〉透過描寫英國本土百姓對異域文物的慾望及其衍生的不安，反思歐洲中心式的帝國殖民，威爾斯的〈盲眼國〉則是對此體系作為及意識型態的批判，對視覺至上思維的質疑。不同於歐洲中土受到來自異域的影響，〈盲眼國〉是一個典型歐洲人入侵偏遠部落的故事，處理外來入侵者與在地居民之間的緊張關係。威爾斯在故事一開始即以相當的篇幅描繪盲眼國的由來，藉此突顯種種自然人文差異造成的族群文化差異。故事中，來自波哥大的努納茲深信一個人的視力所及之處就是他的世界；若眼前是一望無垠的世界，表示那是他要探索征服的對象。然而，努納茲不慎失足闖入的盲眼國，卻是一個與西方世界隔絕、與世無爭、眼盲心不盲的化外之地。這裡沒有西方人夢想的黃金和白銀，只是一個風土民情迥異於歐陸的祥和村落。由於所有居民天生就是盲人，因此在這裡根本無所謂「看見」或「盲目」的區別，他們只是單純依照自己的方式認知詮釋周遭環境，簡單自信地生活，發展出盲眼國特有的宗教和哲學，並且辛勤而精準地建設他們的村落。因此，努納茲來到盲眼國之後，他口口聲聲所謂「看見美好世界」的說法，對村民而言，根本是癡人說夢話，無從相信。相對的，一切以視覺為中心的思考，讓努納茲自以為是，充滿文化優越感，堅信「在盲眼國裡，獨眼龍稱王」。為了娶得他眼中的美女瑪迪娜，努納茲不惜一再以武力威脅，甚至對村民動用暴力。但是，畢竟寡不敵眾，努納茲無力對付團結的村民。對這個看似已歸化的外邦人，村中長老與醫生的推論是，「那一雙叫眼睛的怪東西」影響了努納茲的腦袋。發人深省的是，威爾斯將「看見世界」與「征服他者的慾望」連結在一起，一針見血地道出帝國殖民的慾望邏輯。

二十一世紀的今天，在全球化與在地化交鋒又交織的年代，重新閱讀近百年前的世紀末驚悚故事，似曾相識的感覺不禁油然而生，似乎更添驚悚。透過作家的生花妙筆，我們在享受閱讀故事之際，同時也從虛構的世界中窺見了與現代社會截然不同的面向，從人類對自然及非我族類的預設與傳說到女性對父權體制的不滿，從永無止盡的金錢交易到國家種族之間彼此侵佔與奪取的企圖，不一而足。但是，闔上書本放眼四周的當下，無論國際之間的經貿與戰爭，國境之內的各種紛擾與抗爭，無不牽扯人類的生存需求與慾望。彷彿百年前的驚悚故事不僅從未過去，而且穿越時空隔閡，穿梭真實人生。令人慨嘆的是，狀似有制度有秩序的現代社會，實際上始終充滿著各種人我差異的迷思，蠢動著對金錢與權力的慾望吧！

臺北市立大學　　楊麗中教授

目次　contents

序——刺穿現代，道出恐懼：世紀末的驚悚故事　04

女吸血鬼蜜卡拉　20

黃色壁紙　150

魔瓶　188

猴掌　248

盲眼國　274

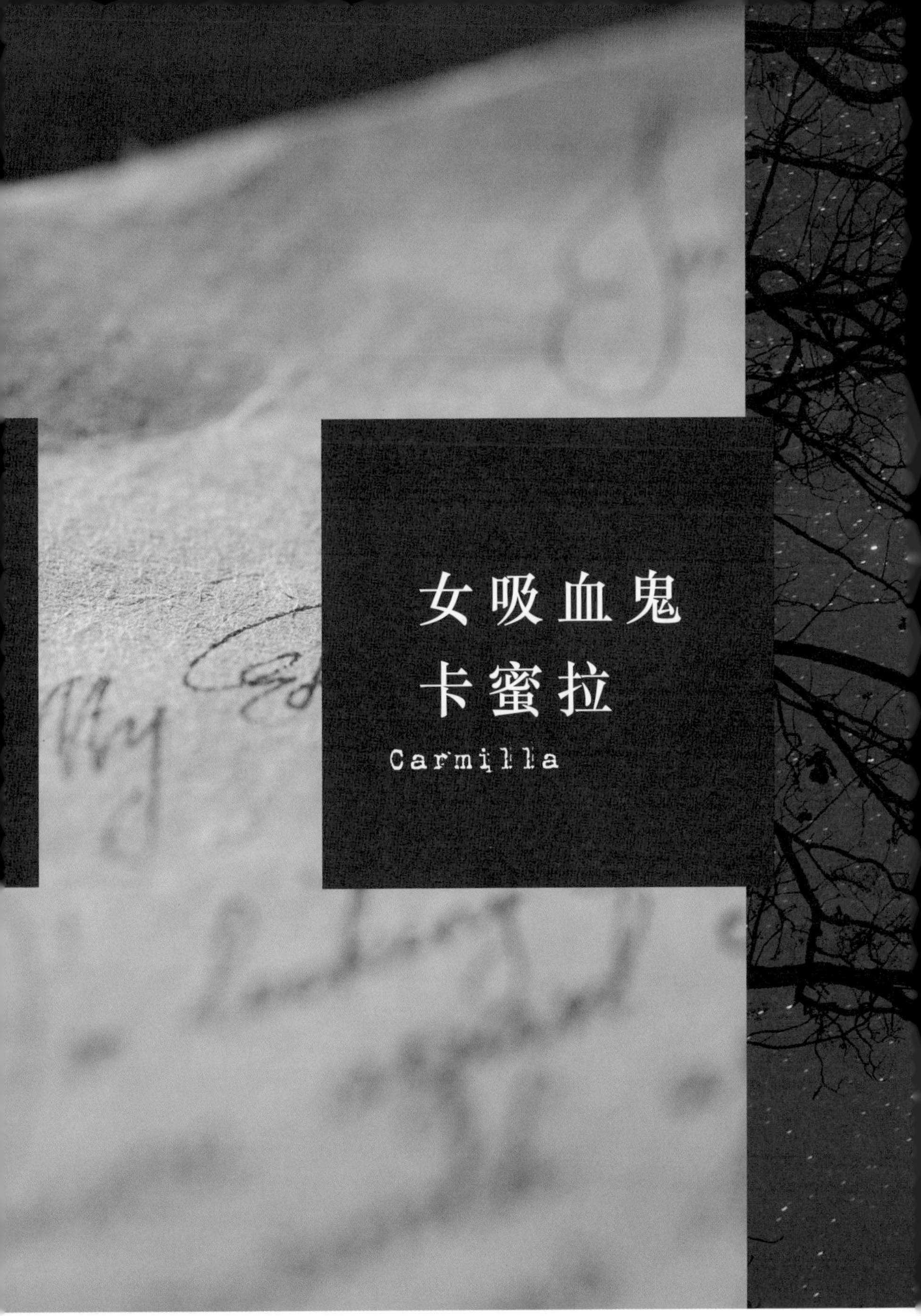

女吸血鬼卡蜜拉

Carmilla

約瑟夫·雪利登·拉芬努
Joseph Sheridan Le Fanu

1814 — 1873 年

約瑟夫 · 雪利登·拉芬努，愛爾蘭恐怖小說代表作家。〈女吸血鬼卡蜜拉〉為其著名代表作品。

〈女吸血鬼卡蜜拉〉於一八七二年出版，主角卡恩司坦伯爵夫人，又名卡蜜拉，儼然就是巴托里伯爵夫人[1]的化身。故事中的卡蜜拉貌美、身材纖細、氣質優雅，她與史泰馬克邦[2]一位英國老軍人的女兒——蘿拉建立起友誼，夜裡則化身為黑貓似的怪物襲擊蘿拉。整篇故事透過女性口吻敘述以具體或非具體形象出現的女吸血鬼，充滿懸疑的獨特魅力，在人物描寫上，展現出細膩的刻劃手法，堪稱為吸血鬼小說的名作，亦為日後吸血鬼小說的原型。

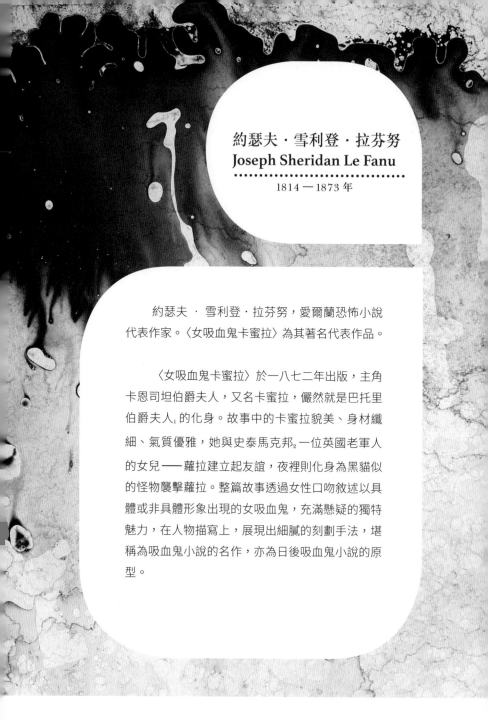

1 兒時的可怕回憶

我們居住在史泰馬克邦，無法想像住在城堡裡的高貴上流人士的生活。因為在這個鄉下地方，微薄的收入就可供一家大小維持好一段時日的溫飽。一年只要八、九百元就足以使鬼推磨。我家那份微薄的收入，已足夠我們過富裕舒適的生活。

父親是英國人，因此我有個英國名字，卻從未到過英國。在這個寂寞又原始的地方，所有物質都如此廉價、貧瘠，實在看不出擁有那麼多錢，能如何讓生活過得更加舒適或奢華。

父親曾在奧地利工作，退休後，以退休金及祖產買下目前的住所及一小塊房地產，可說是一筆不錯的交易。

我們的城堡座落在森林的緩坡上，那是我見過最美、最僻靜之處。城堡前有條堆滿棲木的護城河，橫跨這條河的，是從未見它升起的開合式吊橋，橋連接一條古老而狹窄的道路。護城河上，有許多天鵝悠游其中，還有如白色艦隊般的蓮花成群漂流。

在這樣的美景中，可望見城堡多窗式的外觀設計、塔樓，以及哥德式教堂。

城堡大門面對一片寬闊的美麗林地，右邊一座陡峭的哥德橋連接兩端道路，橋下是一條蜿蜒於森林濃蔭下的清溪。

我曾說這是個寂寞的地方，你可以從以下的敘述審視真偽。

以大門前的古道為中心，城堡座落的森林向右延伸約十五英哩，向左延伸十二英哩。離我們最近、有人煙的村莊則位於左邊七英哩處。有人居住，歷史悠久，而且最接近的是史畢爾朵夫老將軍的城堡，位在往右將近二十英哩處。

之所以說「最接近、有人居住」，是因為往西三英哩處，也就是往史畢爾朵夫老將軍的城堡方向，有一個廢棄的村莊，裡面有一間沒屋頂的別緻教堂，教堂側是有名的卡恩斯坦家族荒廢的墓園，這個家族現在已經消失，但他們居住的城堡就位在森林深處。那個廢棄的小鎮現早已傾圮。

至於人們為何遺棄這個美麗卻陰鬱的地方，請容我下次再述。

現在我要告訴你們的是，我們城堡裡的人只有一丁點，不過未將僕人和住在城堡附屬建築裡的隨從計算在內。你們聽了，一定很驚訝！因為全體成員只有父親，一位全世界最仁慈卻逐漸衰老的人；還有我，故事發生時，我才十九歲。

故事發生至今，已經八個寒暑了。父親與我就是城堡裡的全部成員，因為原籍史泰馬克邦的母親，在我襁褓時過世了。不過，我有位溫柔敦厚的家庭教師，她幾乎從嬰兒時期就陪伴我了。打從有記憶以來，我的家庭就少不了那張圓胖、善良的臉。她，就是裴洛敦女士，是伯恩當地人。

裴洛敦女士對我的關心呵護及良善的個性，多少彌補我失去母親的遺憾。我對母親毫無印象，畢竟我還小，她就離開人世。裴洛敦女士是晚餐席上的第三位來賓，還有達拉芳婷小姐，她是一位「完美的家庭教師」，會說法語和德語，而裴洛敦女士只會說法語和很破的英語，我和父親每天總會在日常對話裡說點英語，一方面避免英語成為我們失落的語言，一方面出於愛國情操。這樣的結果就會產生七嘴八舌的亂哄哄景象，旁人都會笑話，在此不多加贅述。另外，還有兩、三位與我年齡相仿的年輕女孩，偶爾會到此長住或短期居留；有時我也會回訪。

這就是我們固定的社交；當然，還有五、六個村落之遠的「鄰居」也會來訪。儘管如此，我仍可以向你保證，我的生活很孤獨。

你們可以想像那兩位睿智的家庭教師會如何嚴格管教我，尤其我又是單親家庭裡被寵壞的女孩。

自從那件事發生後，我心裡就留下無法磨滅的可怕印象，這也是我記憶裡最早發生的事。或許有人會認為這事微不足道，不須重提，但隨故事的發展，你就了解我為何重提此事。

故事發生在我專屬的育嬰室裡，其實那只是一間位於城堡上層的大房間，裡面是陡斜的橡木屋頂。那時我未滿六歲，某夜突然醒來，躺在床上四處張望，卻沒看見保姆，連護士也不在，獨留我一人。當時，我並不害怕，那些鬼故事、神話、還有門會突然打開讓小孩驚叫一聲「呀！」或因搖曳殘燭投影在牆上而嚇得抱頭的故事，我一概沒感覺，我是一個天不怕地不怕的快樂小孩。只是因為自己被冷落而感到生氣、屈辱，所以開始啜泣，算是嚎啕大哭前的預備動作。但令我意外的是，床沿有一張嚴肅卻美麗的臉孔直視我。她的手慈愛地撫摸我、甚至躺在我身旁，微笑地將我拉近；這樣的動作頓時令我感到撫慰、安心，於是再度進入夢鄉。但接著被一種感覺驚醒，彷彿有兩根針同時扎進胸口，於是我放聲大哭。那女人被哭聲驚動得往後退，但雙眼依然緊盯著我，然後滑倒到地板、躲進床底。

我這才開始害怕，使盡全力放聲大叫。護士、保姆、管家，全進來了，聽我講述方才發生的事，雖然他們看起來沒有太大的反應，只是不停地安撫我。但即便如此，身為小孩子的我，也能夠瞧出他們的臉因焦慮而異常蒼白，我看到他們巡視了床底、房間四周，瞄了桌底一眼、推開櫃子；管家還悄聲對護士說：「將妳的手放在床的凹陷處，剛剛那裡真的有人躺過，我確定不是妳，因為那地方還有餘溫呢！」

我記得那時保姆抱著我，其他三人則檢查我說有刺痛感的胸口，檢查後，看不出任何跡象顯示剛才發生過我所描述的事情。

當晚，管家和另兩位負責照顧我的僕人一直待在我身旁，從那時起，每天都有僕人在育嬰室陪我，直到我十四歲為止。

儘管事情過了很久，我還是非常緊張害怕。於是管家們請來一位膚色蒼白的年邁醫生。我記得很清楚，他有一張憂鬱、因天花造成輕微坑洞的臉，以及栗色的假髮。好一陣子，醫生每隔兩天就過來開藥給我，當然，這點頗令我厭煩。

從見到幽靈的那個凌晨開始，我總是處於恐懼中，即使光天化日，也無法忍受一刻獨處。

我記得父親上樓，站在床邊愉快地說著話，問護士一堆問題，還因某個答案而開懷大笑；最後拍拍我的肩膀，親吻我，告訴我不要害怕，說這不過是個無傷大雅的夢而已。

但這個理由無法安撫我，因為我知道那個陌生女人不是夢，我依然膽顫心驚。

保姆堅持那晚是她到房裡看我、躺在我身旁，而我因為半夢半醒才認不出她的臉，護士也支持這個說法，雖然這稍稍令我安心，但仍無法說服我。

我還憶起某天有一位年高德劭、身穿神父黑袍的長者，隨護士和管家來房裡，他與管家們短暫交談，並且對我十分和善。他的面容十分慈藹溫和，告訴我現在開始祈禱，並將我的雙手合十，要我在祈禱時，輕聲說：「願主聽見我們所有的祈禱，以耶穌基督之名。」我想，應該是這幾句話，因為我經常複誦，護士也常要我在祈禱時唸誦這些話語。

這位面容慈藹的白髮老人使我印象深刻，他穿著一身神父黑袍，站在那間簡陋、挑高的棕色房間裡，身旁擺放那些看似三百多歲的笨重家具，微弱的光線從窗格篩進陰暗

的室內。神父屈膝，我們也隨他跪下，以真誠、顫抖的聲音，高聲祈禱，我感覺祈禱的時間似乎持續很長。我忘了事件的後續發展，印象與時俱滅，但方才所描述的場景卻如黑暗中的魔術幻燈[3]，將畫面活靈活現地深深烙印在我的腦海裡。

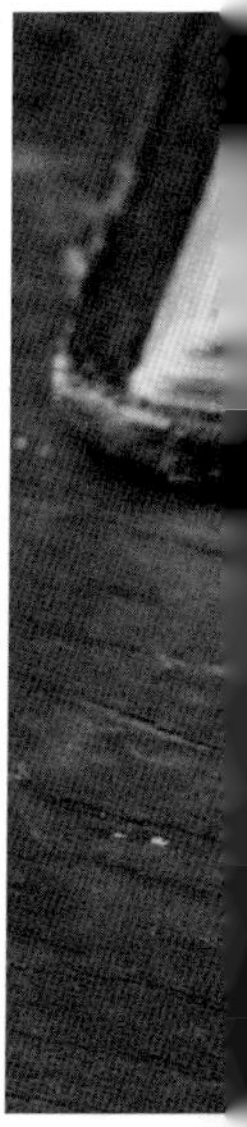

2 訪客

這是一個非常詭異的故事，請相信我所言不虛，這個故事不僅是事實，還是我親眼目睹的事實。

事情發生在恬靜的夏日午後，父親一如往常要求我陪他到城堡前的森林散步。

「史畢爾朵夫將軍恐怕無法如期來訪了。」父親邊走邊說。

將軍原本預計明天來訪並停留幾週，隨行還有一位年輕女孩，就是將軍的外甥女兼隨侍——柏莎・倫菲德小姐。我雖未見過她，但從別人的形容中可以推知，倫菲德小姐是一位非常有魅力的女性，如果能與她相交，我相信日子一定如魚得水般快活。對生活在城裡或忙碌的年輕女孩而言，我的生活簡直無趣至極。將軍的來訪、認識新朋友的機會，整整讓我期待好幾個星期。

「將軍他們最快何時會來？」我問道。

「恐怕要到秋天了，至少兩個月以上。」父親答道。

「不過我倒是鬆了一口氣。」

「親愛的，所幸妳從未認識倫菲德小姐，否則妳現在應該會更加失望了。」

「為什麼？」我因心事被識破，既困窘又好奇地問道。

「因為可憐的倫菲德小姐已不在人世了。」父親語帶哀傷地說：「我忘了告訴妳這件事，可能是因為傍晚接獲將軍來信時，妳不在房裡的緣故吧！」

這個消息令我十分震驚。約莫六、七個星期前，將軍曾在第一封信裡提及倫菲德小姐的身體不如預期樂觀，但看不出有危及性命的狀況。

「這是將軍的來信，」父親將信遞給我，「我想將軍現在一定痛不欲生，他幾乎是在精神崩潰的狀況下寫這封信的。」

我們在一張簡陋的板凳上坐下，頭頂上是一片壯觀的菩提樹叢。此刻抑鬱的落日正朝樹叢所築成的水平線緩緩沉落，而眼前那條流經城堡及老陡橋、蜿蜒穿越雄偉樹林的小溪，將赤紅天空的落日餘暉映照在幾乎碰到我們腳旁的漣漪上。史畢爾朵夫將軍的信頗不尋常，充滿激昂的情緒，有些地方甚至自相矛盾。我讀了兩遍，第二遍是對著父親大聲唸出，但仍無法完全理解，只能解釋將軍是因為悲傷尚未沉澱所致。信是這麼說的：

我失去寶貝的女兒（指外甥女），我是如此愛她！柏莎臨終前最後幾天，請原諒我無法寫信給你。因為當時，我尚未意識她的病情會急轉直下。現在，她離開人世了，我也終於意識到她的病況，但一切為時已晚！帶著我們給予的無限祝福，她安詳地走了。這一切都是那個辜負我們一片善意的惡魔一手造成的。我一直以為迎進家門的是一位天真、愉快、迷人的良伴。

天哪！我真糊塗！感謝上蒼沒讓柏莎懷疑遭受折磨的真正原因。她並未對自己的病因、也未對造成這一切不幸的魔鬼使者起疑，就這麼安詳過世了。我誓言將窮畢生之力尋找並消滅那個怪物。我一定可以完成這件仁義之舉，達成使命、造福人群。但此刻，仍未透出一線曙光。我詛咒、痛恨自己當初自負的態度，厭惡自以為優越的矯情，還有盲目、固執……但一切都太遲了！此刻，我心亂如麻，無法冷靜地寫信或交談，只要稍微恢復，我打算立刻打探消息，或許會遠行至維也納。秋天吧！也就是距今兩個月後，也可能早些，如果我還活著，我會登門拜訪，當然，自是在你的首肯下；屆時我會將現在不敢以文字形容的事據實以告。再會了！請為我祈禱吧，親愛的朋友！

儘管從未見過柏莎・倫菲德，但這封奇怪的信，以及突如其來的消息已令我熱淚盈眶。事情的發展不但令我深感驚訝，也讓我失望無比。

待我將信還給父親時，太陽已西沉，天色微暗。

這是一個晴朗的夜晚，我們隨意散步，推敲方才讀到那些暴力又無條理的字句所隱含的意義。在離城堡前的古道一英哩處，月光皎潔明亮，我們在橋上巧遇裴若敦女士及達拉芳婷小姐，她們未戴帽子信步而行，正享受此時無瑕的月光，走近時，她們正聊得起勁，於是我和父親加入她們，一同欣賞眼前這片美景。

方才走過那片林間空地，現在就在我們前方。往左，是一條被灌木叢覆蓋的小路，盡頭沒入會令人迷失方向的茂林；往右，會經過那座陡峭優美的橋，橋旁立著一座殘破舊塔。橋後是一片陡峭、布滿樹林的高地，黑暗中隱約可見散布其中、爬滿長春藤的灰石。

低處的短草坡上如煙塵般的薄霧，讓遠方的景致彷彿籠罩在透明薄紗中，處處可見河面所投射的微弱月光。

你無法想像這恬靜、柔美的景象，但傍晚獲知的消息，讓一切都籠罩上憂鬱的色彩。儘管如此，這片寧靜、壯麗而朦朧的景色仍不受任何事物而改變。

父親享受著此刻的景致，而我靜靜凝視這遼闊的美景。至於那兩位家庭教師則站在我們身後，高談這景色、闊論那彎月。

裴若敦女士是一位身材肥胖、屆中年、生性浪漫的人，說話的言語與感嘆如詩韻一般；達拉芳婷小姐則像她德國籍的父親，具有心理學家及哲學家的神祕思維，她認為這明亮的月光，代表正進行著某種特殊的精神活動。在皎潔的圓月下，事物會產生各種效應，會對精神緊張的人產生作用，對人的肉體與實際生活將會產生不尋常的影響。達拉芳婷小姐還提及，她有一位在商船上擔任大副的表哥，曾在這種月夜下，面朝月光在甲板上仰身而眠，夢見一位婦人抓住他的臉而驚醒，醒後發現臉龐竟因此扭曲歪斜，至今未能恢復原來的模樣。

「這樣的月光、這樣的夜晚，」達拉芳婷小姐感性說道：「充滿磁場能量[4]，你瞧，身後古堡的窗戶，在銀白色月光的照射下閃閃發亮，就像看不見的手將房裡的燈點亮，以迎接仙女來作客。」

有時人們會有不想說話、但百無聊賴的雙耳卻樂於傾聽別人談話的時刻，此時我望著她們，傾聽她們銀鈴般的談話聲。

「今晚，我情緒有點低落。」一陣靜默後，父親開口道。他引用莎士比亞的文句，為保持英語能力，父親常朗誦道：

事實上，我不知道自己為何如此悲傷：
這使我厭倦；你說這也使你厭倦；
我不知所為何來……也不知如何產生。[5]

「我忘記接下來的句子。但，總覺得好像某種不幸的事正籠罩我們。我想，可能是那位可憐的將軍、還有那封痛苦的信對我們產生某種影響。」

這時，遠處傳來不尋常的車輪聲和許多馬蹄聲，引起我們注意。

馬車似乎正從可俯視橋梁的高處朝我們接近，很快地，看見馬車。先是有兩位馬車伕越過橋梁，然後看到四匹馬拖著的馬車及後面兩位馬車駕駛。

這輛車看來像是某位望族所有，我們凝神注視眼前這特殊的場景。轉瞬間，景象愈發令人震憾，就在馬車經過橋時，一匹領頭馬似乎受到驚嚇，這份恐懼感染了其他馬匹，經過幾次暴走突進後，整個車隊失控，以颶風般的速度，朝我們轟隆隆直奔。

這血脈賁張的景象，加上馬車內女人響亮的尖叫聲，令人心驚膽顫。因好奇與恐懼，我們趨前探看，父親未出聲，而我們其他人則發出不同程度的驚叫。不過這樣的擔憂沒有維持太久。在通往古堡的吊橋前的那條古道旁有棵大菩提樹，另一側則是一座古老的石造十字架。那些因恐懼而來回踱步的馬兒一看到十字架立刻轉向，將馬車甩向突出的樹根。

我知道接下來會發生什麼慘狀，於是蒙住雙眼，別過頭，不忍看到即將發生的慘劇；就在同時，身旁的女伴們發出一陣哭嚎。

好奇心驅使我睜開雙眼，只見眼前一片凌亂。兩匹馬倒臥在地，馬車傾倒一旁，兩個輪子在空中打轉；馬車伕忙著鬆開韁繩，而那位及時脫逃的女士，一股威嚴的神色與姿態，雙手緊握站在一旁，不時拿起手帕擦拭雙眼。打開的馬車裡，抬出一位看似沒有氣息的年輕女孩。父親這時早已站在那位女士身旁，手上抓著帽子，溫柔地伸出援手。但那位女士似乎沒有聽見父親的話，只顧著注意那位被安置在堤岸坡地上的瘦弱女孩，對其他事物置若罔聞。

我探頭一望，那女孩顯然嚇呆了，但絕對沒有生命危險。而父親正誇耀自己略懂醫術，還將手指放在女孩的手腕上，對那位自稱是女孩母親的女士保證，雖然脈搏微弱不規則，但清晰可辨。只見那女士雙手緊握，眼神直視，彷彿有那麼一刻傳達一絲感激；但隨即又戲劇化地大哭起來，我相信，對某些人而言，她的行為看來滿正常的。

以這位女士的年紀看來，她稱得上頗具姿色，想必年輕時也是傾城之姿；中等的身材，不算瘦弱，在黑天鵝絨衣裳襯托下，臉色有些蒼白，不過她有一張驕傲而威嚴的臉孔，只是現在正抽搐著。

「莫非我天生不幸？」當我走上前時，她緊握拳頭說道：「在經歷一場生死存亡的威脅，度過千鈞一髮之際，我好端端在這兒，我的孩子卻不知要多久才能恢復原來的健康。我得留下她；而我不能、也不敢有片刻耽擱。先生，請你告訴我，離這兒最近的村子有多遠？我可能要將她安置在那兒，噢！在我回來之前的這三個月，我都將無法聽到、無法看見我的寶貝。」

我拉拉父親的衣袖，殷切對他耳語：「噢！爸，你誠摯邀請她，讓她女兒留下來跟我們一起，這將是多麼令人欣喜的事啊！拜託你，快告訴她嘛！」

「夫人，如果您願意將令嬡託付小女，還有這位品德優良的家庭教師——裴若敦女士來照顧，我絕對會在您回來前，將她當成敝府的座上嘉賓盡責照顧她，您若同意，對我們來說將是無上的榮耀與恩惠，我們自當全心全力照顧她，希望您能信賴我們。」

「我不能這麼做，先生，您真是仁慈又有風度，但這麼做實在太給您添麻煩了。」那位女士心煩意亂道。

「正好相反，若夫人您同意，對我們來說才是莫大的恩惠，因為這正是我們最需要的！剛剛小女才因期盼許久、卻不幸取消來訪的消息深感失望。如果您願意將令嬡託付我們照料，對小女可說是最好的慰藉。況且，下一個村莊離這裡有一段距離，也沒有像樣的旅館安置令嬡；您絕不能讓她在這種情況下，不顧危險長途跋涉。如您所說，行程無法有片刻耽擱，今晚一定得留下她，那這裡就是最好的選擇，我們絕對會真誠、妥善照顧令嬡。」

女士神態蘊含著高雅、莊嚴的特質，態度又如此迷人，使我留下了深刻的印象，我敢說她一定是個極為尊貴的人物。

此時，馬車已被扶正，情緒受安撫的馬匹也重新裝上轠繩。

那位女士看了她女兒一眼，眼中卻未流露我所預期的親情關愛，她向父親點頭致意，並將父親拉至二、三步遠、旁人無法聽見之處，以先前未曾流露的嚴肅表情低聲交談。

我很納悶父親竟未察覺這些變化，也很好奇她在父親耳邊熱切急迫地說了些什麼。約莫兩、三分鐘之久，她走向由裴若敦女士攙扶的女兒身旁，蹲在女兒身旁耳語，說一些在裴若敦女士聽來像是祝福的話語，然後，倉促親吻女兒，就立刻進入馬車裡關上門。那些衣著莊重的僕人們飛快後退，騎從以馬刺踢了馬一下，左側的馬伕抽了馬鞭，馬兒立刻激烈踏步狂奔，如旋風般揚長而去，後面還跟著兩位同樣快馬加鞭的騎士。

3 共同的印象

我們目送車隊離去，直到馬車飛快消失在迷霧森林裡，馬蹄聲與車輪轆轆聲也漸漸消失在寧靜的夜空中，一切回歸平靜，彷彿方才的奇遇只是錯覺。那女孩在此時睜開雙眼，身體朝向另一側，所以我無法看見她的臉，只見她抬頭四處張望，然後嬌嗔地問道：「我母親呢？」

和藹的裴若敦女士溫柔地安撫她。她又問：「這是哪裡？我在什麼地方？怎麼沒看到馬車與瑪斯卡，她人呢？」

裴若敦女士盡可能回答所有的問題，女孩也慢慢憶起方才的意外，同時欣慰沒有人受傷，但她聽到母親已經離開，三個月後才會回來，便開始啜泣。

「先別靠近，一次一個人是她目前所能承受的，太多刺激會讓她無法負荷。」當我準備上前表達慰問時，達拉芳婷小姐拉住我的手臂說道。

我暗自思忖，等她回房休息，我就要去見她。

這時，父親差了僕人去請住在兩里格[6]外的大夫，訪客的臥房也已備妥，扶起這位陌生訪客，讓她倚在裴若敦女士身上走過吊橋，進入城堡。來到大廳時，僕人們已準備好迎接客人，並引領客人到臥房休息。

客廳是狹長形的格局，四面臨窗可俯視護城河、吊橋與先前描述的森林。客廳裡擺設老式的雕花橡木家具，座椅上鋪著赭紅色荷蘭絨，牆壁上掛滿鑲金邊的刺繡掛毯，上面繡著如真人大小、穿束古老怪異的人物，內容描述狩獵、放鷹打獵與一般節慶，客廳裡的布置有些富麗堂皇但還不至於太過奢侈。我們習慣在客廳裡飲茶，在父親愛國情操的堅持下，飲茶一定得佐以巧克力。

今晚大家齊坐在客廳裡，點著蠟燭，討論傍晚的奇遇，因為訪客早在扶上床前就已陷入沉睡。

「妳對我們這位訪客的印象如何？」裴若敦女士一踏進客廳，我便急著追問：「跟我說說她的事。」

「我很喜歡她。」裴若敦女士答道：「我想，她是我所見過最美的人兒，年齡與妳相仿，又美麗又溫柔。」

「她實在很美。」達拉芳婷小姐插嘴，剛剛她窺探訪客的房間好一會兒。

「還有她的聲音也很甜美。」裴若敦女士搭腔道。

「妳們有注意到馬車裡的女人嗎？馬車扶正後，她並沒有出來。」達拉芳婷小姐問道：「她只是透過窗戶往外看。」

「沒有，我們沒有看見她。」

達拉芳婷小姐形容那是一個長相醜陋的黑人，頭上裹著彩色頭巾，不時往馬車窗外瞧，邊點頭邊以嘲弄的笑容看著另外兩位女士，發亮的眼睛裡有大大的白眼珠，露出牙齒彷彿極度憤怒的模樣。

「妳們有發現那些男僕個個病懨懨的模樣嗎？」裴若敦女士問道。

「沒錯，」父親這時前腳才剛踏進客廳，立即答道：「他們真是我這輩子見過最醜陋的一群傢伙，彷彿吊死狗般，希望他們不會一進入森林就搶劫那位可憐的女士。不過他們可真是一群精明的惡棍，一下子就把混亂的狀況安頓好了。」

「我想他們應該是長途跋涉才顯得那麼疲憊，」裴若敦女士說：「他們看起來不但凶神惡煞，臉色也異常乾瘦、暗沉、憂鬱。我對這點倒十分好奇，明天那女孩若復原良好，我想，一定會解釋清楚的。」

「我可不這麼認為。」父親帶著詭異的笑容微微點頭說道，彷彿對此事十分清楚，卻不願一五一十地告訴我們。

這樣的舉動反而讓我更加好奇，不知那位穿黑天鵝絨的女士在那短暫的交談中，對父親做了什麼交待。在座所有人的反應全都一致，我央求父親解釋，不需我們施加太多壓力，父親就輕易地全盤托出。

「我沒什麼特別理由需要隱瞞，那位女士表示她實在不願麻煩我們照顧她女兒，還說她女兒目前身體很虛弱，雖然精神不佳，但沒有任何癲癇與幻覺的現象。事實上，心智狀況很好。」

「為何要多此一舉加上這些奇怪的話。」我插嘴道：「實在沒必要。」

「這就是她所說的話，」父親笑道：「是妳自己想知道的，事實上真的沒說什麼。最後還說：『我現在要趕一段非常「重要」（她特別強調這兩個字）、急迫且祕密的旅程。三個月後我會來接小女，這段期間，我會對「我們的身分」、「來歷」與「目的地」等問題保持誠默。』這就是那位女士全部所說的話，而且全以純正的法語表達。尤其，她說到『祕密』這個字眼時，曾停頓了幾秒，表情嚴肅地盯著我的雙眼。我想她應該是很認真的。然後，就像妳們看到的，她匆匆忙忙離開。我希望我們照顧她女兒不是一件蠢事。」

然而對我而言，這可是非常值得高興。我多麼渴望見到她，想跟她說說話，想待在她身旁，直到醫生命令我才願意離開，像你們這種住在城市裡的人，是無法體會長期被孤獨環繞，渴望認識新朋友的亢奮情緒。

醫生直到凌晨一點鐘才到，原該準備就寢的我，不由自主地等待醫生的到來，想看看還會有什麼事發生。醫生診療後，在會客室向我們說明病患的最新狀況：現在客人已經可以坐起身、脈搏正常、看起來非常健康、沒有受傷，就連先前的驚嚇也未對她造成影響。但我仍不知現在去探視是否得宜，不過我想，在她首肯且醫生允許的情況下，應該無妨，所以立即請僕人代為轉達。

僕人很快就回覆客人同意的訊息，你可以想見我會如何利用這次的探訪機會。

客人住在城堡裝潢最好、布置有些富麗堂皇的房間裡，床對面的牆上掛著暗色織錦圖，上面繡的圖案是胸前盤著毒蛇的埃及豔后[7]。此外，還掛了幾幅有些褪色的傳統風景圖壁飾，雖然牆上的古老刺繡顯得有些陰沉，但房裡的金色雕刻及其他五顏六色的裝飾品，卻一掃房間裡的陰鬱。

客人此時已坐起身子，床邊點著蠟燭照明，她那修長美麗的身軀包裹在柔軟的絲質繡花睡袍裡，這件絲緞鋪棉內裡的袍子，是那時倒臥在地上、她母親拿來覆蓋在她腳上的那一件。

當我走近床側準備表達歡迎之意時，令人不寒而慄的事發生了，一瞬間我驚駭地後退，因為眼前浮現的，是那張兒時夜訪、記憶無法磨滅的面孔，那種驚悚至今印象深刻，但大家都以為我胡思亂想。

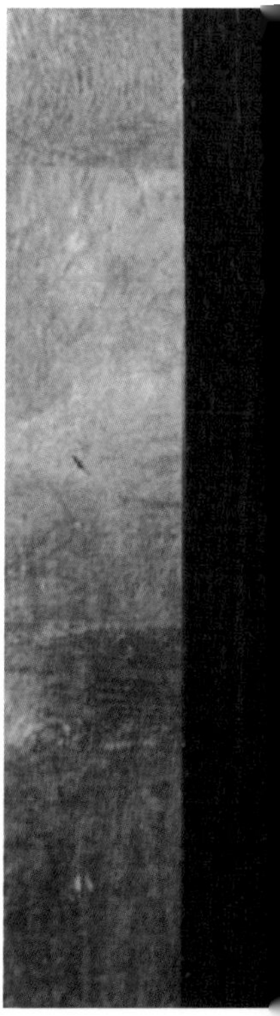

那是一張精緻、絕美的臉，乍見時，有著與記憶裡相同的憂鬱神情，此刻，卻因認出彼此而凍結成詭異的笑容，周遭的空氣彷彿也隨之凝結；我們足足僵了一分鐘之久，直到她打破沉默，然而我一句話也說不出口。

「啊！真不可思議！」她驚呼：「十二年前，我曾在夢中見過妳，從那之後，妳的容貌就一直縈繞心頭！」

「真不可思議？」我喃喃說著，嘗試壓抑聲音裡流露的恐懼，「十二年前，不知是真是幻，我真的見過妳。此後，妳的面容就不斷在眼前浮現，叫我無法忘懷。」

客人已恢復柔和的笑容，原本奇異的感覺也隨之消退，現在眼前看見的是那張有可愛酒窩、亮麗慧黠的臉龐。我鬆了一口氣，握住她的手繼續表達歡迎之意，同時訴說這次意外的造訪，令我和家人同感愉悅，尤其我特別高興。此刻，一向寂寞有些害羞的我，卻變得多話有點莽撞。她按住我的手，目光晶瑩閃爍，直勾勾地盯著我，然後展開笑顏，羞紅了臉。

她親切有禮地回應我的歡迎，坐在她身旁，我心中仍有些狐疑，她卻接口說道：「我一定要跟妳說，我所作的那個夢，真怪，妳居然跟我作相同的夢，而且那麼逼真，就像現在一樣，我們都看到彼此。當然，我們那時都還是小孩，我才六歲，剛從一個混淆、糟糕的夢中驚醒，卻發現不在自己的育嬰房裡，而是在一間有深色、簡陋牆板的臥房，裡頭還有櫃子、床架、椅子及板凳。床上是空的，我獨自待在屋裡，環顧四周後，視線被一只鐵燭台吸引，我還記得很清楚，那只燭台有兩個燭座。我爬到其中一張床下，試著爬向窗戶，但當我從床下爬出後，卻聽到有哭聲，還來不及爬起，一抬頭就看到……妳！就像現在的妳一樣，一個美麗的女人，有著長髮及水藍色的大眼睛，那個嘴唇，就是妳現在的嘴唇。

我不由自主想接近妳，於是爬上床將手朝妳伸去，我想，後來我們都睡著了。可是我又突然被尖叫聲驚醒，原來妳正坐起身驚叫，我失足跌落到地上，暫時失去知覺，等清醒時，卻發現已回到自己的育嬰房裡。此後妳的臉就一直徘徊不去，妳就是我當初看見的女人，我不可能搞錯。」

現在輪到我描述這個夢境，我就記憶所及、毫無保留地告訴她。

「我不知道是否該害怕，」她笑道：「不過，如果妳不是長得這麼漂亮，我可能會很害怕，可是妳如此漂亮，我們也都這麼年輕，只覺得好像認識妳十二年了，應該有權利與妳如此親密，所有的事情看起來就像註定的，好像從孩提時代就註定要當朋友。我很驚訝，妳竟與我有同樣的感覺，都莫名地被對方吸引，我從未有朋友——現在總算有一個？」她嘆了一口氣，一雙烏溜溜的大眼睛直盯著我。

但事實上，我對眼前這位美麗的陌生人有種莫名的情愫，的確如她所言，她對我有「莫名的吸引力」，同時還夾雜一絲排斥感。不過，那吸引力遠超過排斥感，她不但吸引我的注意，也贏得我的心；她是如此美麗、迷人得難以言喻。

我發現她有些疲憊提不起勁，只好匆匆道晚安，但又接著補充道：「醫生認為，今晚應該有侍女陪妳，現在她已經在門外等候，妳會發現她是個安靜的好幫手。」

「妳人真好，可是房裡有人我就無法入睡。我不需要任何幫手，不過有件事要事先聲明，因為我家曾遭搶劫，還有兩名僕人因此喪生，所以我害怕會有強盜闖入，習慣將房門鎖上。妳人看起來這麼好，相信妳一定會原諒我，我看到門鎖上有一把鑰匙。」於是她以那雙美麗的臂膀環著我，在我耳畔低語：「晚安，親愛的，雖然很捨不得與妳分開，但晚安了！明天，晚一點，會再見面的。」

然後嘆著氣跌回枕頭上，以那雙滿布情感與憂鬱的美麗眼眸目送我，再次輕聲說：「晚安，親愛的朋友。」

年輕人很容易因為衝動就喜歡、甚至愛上一個人。方才的相處令我欣喜無比，雖然還不熟，她卻對我表現出好感。我喜歡她那種立刻接見我的自信，甚至還認定我們可以成為非常親密的朋友。

第二天終於來臨，我們又再度見面，許多方面都讓我十分高興能擁有這麼一位朋友。陽光下，她的面容完美無瑕——是我見過最美的人，至於先前想起的那張兒時夢境裡的臉、那個不愉快的印象，早在第一次見面後，雲消霧散。

她承認乍見我時，也同樣震驚，而且對我的好感中也摻雜微妙的厭惡感。但現在，對那些短暫的恐懼，我們可以一笑置之了！

4 她的習慣——散步

我說過我對她深深著迷，但有些地方我還是不滿意。我先描述她的外表——約略中等的身高、很苗條、舉止優雅，除了走路的模樣十分虛弱、無精打采外，從其他地方看不出她是病人。她的臉色紅潤光采、五官小巧美麗；雙眼大而深邃，閃閃動人；而秀髮更是無懈可擊，當她將長髮放下時，那是我所見過最美、如瀑布般濃密的長髮。我常托起她的頭髮，笑說那頭髮奇特的重量，髮絲細密柔軟，深咖啡色中閃耀著金黃的光澤。我喜歡將她的長髮放下，讓髮絲隨本身的重量往下翻滾，就像在她房裡，當她躺臥在座椅上以那柔美低沉的嗓音說話時，我總愛在一旁撫摸她的髮、綁綁辮子、或散開她的頭髮玩著。啊！想必天堂也不過如此！

我剛說有些地方不滿意：因為先前說過，她的自信在首次見面的那晚就超越我，但她卻對自己、對自己的母親、過去、任何與她生活相關的話題、周遭人群等，全都惶惶不安，甚至提心吊膽。也許是我不夠理性、我的感覺有誤；或許我應該順從她母親對父親的殷殷叮囑，但沒有哪個女孩可以平靜地忍受蠢動、片刻不得安寧的好奇心。究竟敘說這些讓我熱切渴望的真相會有什麼大礙？難道她不相信我的好意及忠誠嗎？為什麼我那麼慎重保證絕不會洩密，她還是不願意相信我？

在我看來，她超齡的憂鬱笑容中似乎帶著一絲冷酷，總是不斷拒絕、不願透露一點曙光給我。

我不能說我們曾因此事爭吵，因為她絕不會因任何事起爭執。當然，這麼逼她實在不公平，而且無禮，但我就是無法克制，也不打算克制。

算算她說了什麼關於自己的事，我過分地認為：幾乎沒有。她總共只透露三件模糊的事：

第一，她的名字是卡蜜拉。

第二，她的家族十分古老尊貴。

第三，她的家在西邊。

卡蜜拉既不肯說出家族的名氏，也不肯說出家族徽記的圖案，更不願意說出家族的產業名稱，甚至連居住的國家都守口如瓶。

別以為我老是拿這些問題煩卡蜜拉，我可是伺機而動，以迂迴誠懇的方式詢問，當然，有那麼一、二次，是直截了當地問，但不論何種方式，每次都功虧一簣；軟硬兼施對卡蜜拉而言，完全無效。不過得補充一點，卡蜜拉的藉口裡總有許多的憂鬱與責難，甚至是熱烈的好感、信任我的忠誠，和保證最終會讓我明白一切的承諾，使我無法打從心裡憎惡她。

卡蜜拉總以美麗的手臂環著我的頸子，將我拉到身旁，臉蛋貼著我的臉頰，在我耳畔細聲說道：「親愛的，倘若妳那小小的心靈受了傷，千萬別認為我殘酷，我只是遵循人性不可抗拒的自然法則，如果妳的心受了傷，我的心也會跟著淌血。能活在妳溫暖的生命裡，我是多麼狂喜與羞愧，所以妳應該就這麼死去，在我生命中甜蜜地死去，我無法抵擋這種感覺，等有天妳也像我一樣被別人吸引時，妳就會了解這種殘酷的喜悅，而這就是愛情；所以，暫時不要再詢問關於我的一切，只要用妳所有的愛來相信我。」

卡蜜拉說完這些狂熱的話語後，顫抖地將我摟得更緊，溫柔優雅地親吻我的臉頰，但她的不安與話語卻讓我更加迷惘。

以往這些傻氣的擁抱並不常出現，而我也習慣掙脫，但現在卻允許她這麼做，我的力氣似乎消失殆盡，她的呢喃聽來彷彿是搖籃曲，安撫我的抗拒，讓我變得恍惚，彷彿只有脫離她的懷抱才能恢復神智。

在這種詭異的情緒下，我並不喜歡她。我感受到一種詭異、不安的激動情緒，既是喜悅、卻又夾雜模糊的恐懼與厭惡，當時，我並沒有明確的想法，但可以清楚感覺到自己對卡蜜拉的喜愛擴大成愛慕，同時，對她的厭惡也相對滋長。我知道這聽來很矛盾，卻也沒有其他方式可以解釋這種感覺。

事件發生的十多年後，我顫抖地寫下當初那段既迷惑又恐怖的往事，還有無意識中所經歷的苦難，即使生動鮮明、歷歷在目，但當時一定還牽涉某些情緒因素，瘋狂、激烈地挑動我們的情感，現在只留下最模糊朦朧的印象。

有時冷漠過後，這位陌生、美麗的朋友會執起我的手，一遍又一遍輕柔地按摩，微紅著臉，以那雙慵懶、灼熱的眼眸注視我，接著呼吸急促，衣裳也隨著高低起伏，彷彿戀人般狂烈的愛緊緊攫住我，讓人又恨、又無法抵擋；偏偏她又以那雙幸災樂禍的眼勾引我，以那溫熱的唇在我臉上親吻游移，還以近乎啜泣的聲調呢喃：「妳是我的，妳應該屬於我，我們永遠都是一體的。」然後以小手遮住雙眼，再度躺回椅子裡，留下我在一旁顫抖。

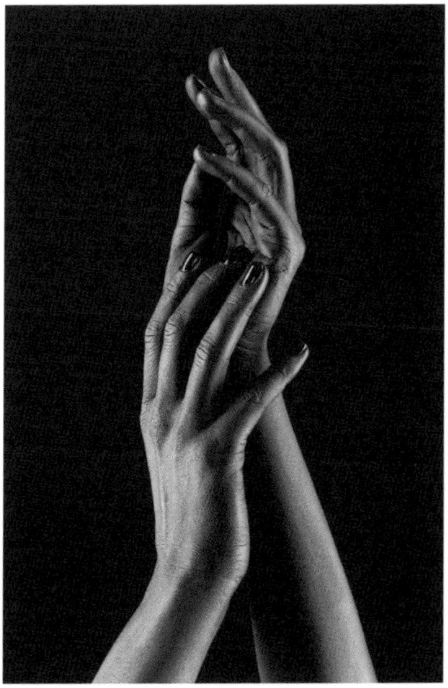

「我們是什麼關係？」我曾這麼問：「妳怎麼可以這麼做？或許我讓妳想起某個喜歡的人，但妳不能這麼做，我討厭這樣，我不認識妳——當妳這麼做、這麼說時，我甚至不認識自己。」

對於我的憤怒，卡蜜拉總是嘆息以對，然後放下我的手，轉過身去。

我的異常表現無法構成令人滿意的理論——我不能將它們歸諸於裝模作樣或詭計，很明顯這是我被壓抑的本性與情感突然爆發所致。雖然卡蜜拉的母親鄭重否認，但卡蜜拉是否曾精神錯亂，或其中隱藏某種偽裝與不為人知的情史？我曾在老故事書中讀過此類情節，該不會是某個愛慕我的男子在聰明、經驗豐富的女冒險家從中協助下，男扮女裝設法溜進來向我求愛？雖然這個假設很能滿足我的虛榮心，但仍有許多不合情理處。

我無法再以有某位男士殷勤求愛的情節自豪，因為除卻短暫的激情時刻，大部分的時間裡，卡蜜拉都很普通、愉悅，除了偶爾會以憂傷的眼神追隨我之外，有時候我甚至會覺得她根本不將我放在心上。此外，除去那些詭異的激動時刻，卡蜜拉的言行十分女性化，而且總一副慵懶無力不同於健康男子的模樣。

卡蜜拉的某些嗜好對都市裡的名媛來說，可能不算什麼，但對生活在鄉下的我們而言，可是十分罕見；她通常都下午一點以後才起床下樓，然後喝杯巧克力，什麼都不吃，之後，我們就一同出門散步。雖然只是隨意走走，但卡蜜拉常常立刻就顯露出疲態，這時我們不是馬上折回城堡，就是坐在樹下隨處放置的長凳上，這種疲態是肉體而非精神方面，因為卡蜜拉總是能滔滔不絕、字字珠璣。有時候卡蜜拉會不經意提到自己的家，談起某段奇遇、某個情景、或某段往事，描述一些當地人奇特的習慣，或我們不曾聽聞的風俗。從這些隻字片語中，我發現卡蜜拉居住的國家比當初想像的遙遠。

某天下午，在樹下休息時，正巧有一列送葬隊伍經過。過世的是一位年輕美麗的女孩，過去我時常遇見她，是某位森林管理員的獨生女，那個可憐的男人正蹣跚地跟在棺木後面，此刻的神情看起來悲痛欲絕，村人們兩兩為伍跟在後頭，口中哼著送葬曲。

隊伍經過時，我起身致意，並隨他們甜美的音調一同哼唱，卡蜜拉突然粗魯地搖晃我，我驚訝地轉身。

「妳不覺得那首曲子很刺耳難聽嗎？」卡蜜拉唐突問道。

「正好相反，我倒覺得非常柔美。」我既納悶又擔心地回答，唯恐送葬隊伍中的人注意到方才發生的事而反感，於是再度哼唱，卻立即又被卡蜜拉打斷。

「妳的聲音好刺耳，」卡蜜拉纖細的手指摀住雙耳，幾近憤怒地道：「還有，妳的信仰未必與我相同，妳的儀式傷害到我了，我討厭葬禮，又吵又亂！人終究得一死，妳也難逃，而且死了比活著快樂，我們回去吧！」

「父親和神父一起前往教堂，我以為妳知道她今天出殯。」

「她？我才不關心那些村民，我根本不認識她。」卡蜜拉回答，眼中閃過一絲亮光。

「那女孩很可憐，兩星期前遇見鬼，之後就奄奄一息，一直拖到昨天才斷氣。」

「不要和我談論有關鬼的事情，不然晚上我會睡不著。」

「希望這不是瘟疫或熱病，因為情況看起來很雷同，」我繼續說道：「養豬人家的太太一星期前才過世，她也以為有某個東西在她躺在床上時抓住她的喉嚨、幾乎要掐死她，爸爸說這種可怕的幻想是發燒引起，前一天她還好好的，之後就一病不起，不到一星期就去世了。」

「好吧！希望她的葬禮和送葬曲已經結束，我們實在不該拿這種刺耳嘈雜的噪音折磨耳朵，這聲音令我緊張不安。來，坐在我身旁，靠近一點，握住我的手，用妳全身的力氣壓住它。」

於是我們稍稍後退，坐在另一張椅子上。

卡蜜拉坐在椅子上，她的臉可怕地扭曲著，有那麼一刻我感到驚慌甚至恐懼。那張臉變得暗沉、可怕的蒼白，她緊咬著牙、握緊手、皺著眉、癟著嘴，盯著地上的腳，就像起了寒顫般不斷發抖，似乎用所有的力氣想壓抑某種疾病突然發作，她氣喘吁吁地壓抑著，最後爆發出一陣痛苦的哭喊，這種歇斯底里的現象慢慢地才平靜下來。最後才說道：「妳看那邊！來了一群要死不活的人，還哼著送葬曲！抱我，緊緊抱住我，一下就好了。」

症狀慢慢消失後，或許為了消弭這件事對我造成的負面印象，卡蜜拉反常地活潑多話，然後我們便起身回家。

這是我首次見到卡蜜拉清楚表現出一如她母親所言，虛弱體態的徵兆，也是首次見到她出現類似憤怒的模樣。但一切都如同夏日浮雲般煙消雲散，此後再也沒見過她發怒，除了後來又發生另一件事。現在，我就來敘說這件事的始末。

那天，卡蜜拉與我一同在起居室裡遠眺窗外，這時吊橋上出現一個十分熟悉的身影，正要走進園子，他每年總會造訪城堡兩次。那是一個駝背、極度纖瘦而畸型的身影，蓄著黑色尖尖的山羊鬍，咧嘴大笑，炫耀一口的尖牙，身穿暗黃、漆黑與猩紅的衣服，繫著數不清的背帶與皮帶，揹著各式各樣的東西，身後還拖了一個魔術幻燈、兩口箱子，我很清楚箱子裡是什麼；其中一口箱子關著蠑螈，另一口箱子裡則是曼陀羅花。另外，還有猴子、鸚鵡、松鼠、魚、刺蝟的混合體，這樣怪東西是由上述動物身上的部位風乾後，再一一拼縫而成的，看起來效果相當驚人，所以總是能令父親開懷大笑。他有一把小提琴、一個魔術道具箱，腰上掛著一對花劍、幾個面具，另外還垂掛一些奇怪的小箱子，手拿一個黑色圈著銅箍的物體。而他的同伴是一隻瘦小醜陋的狗，緊緊跟在他的腳後跟，但經過吊橋時，牠卻突然警戒地止步不前，沒多久便開始悶吼。

站在林地裡的江湖郎中脫下那頂愚蠢的帽子，非常講究地向我們行禮，不斷以不熟練的法語和德語奉承我們，隨後，他又取下小提琴，以一種輕快的神態，愉快地唱起難聽的曲子，滑稽而俐落地跳舞，儘管那隻狗仍在低吼，但這情景卻使我不禁發笑。

接著他滿臉笑容、不斷打躬作揖地朝窗戶這兒走來，左手拿著帽子，臂下夾著小提琴，一口氣熟練流利地唸出一長串廣告詞：推銷自己的才藝、預告將在城堡裡一一展現各式表演以及各種新奇的事物與娛樂。

「兩位小姐願不願意買一些護身符，可以用來抵抗吸血鬼唷！吸血鬼走路就像狼一樣，我聽得見他們的聲音，他們就在這片林子裡。」這位江湖郎中將帽子丟在步道上說：「這裡到處都是吸血鬼，不過這個護身符從未失靈，只要別在枕頭上，甚至可以當面玩弄這些吸血鬼。」

護身符由長方形的羊皮紙構成，上頭還寫了神祕的密碼與圖表。卡蜜拉立刻買了一張，於是我也跟進。

當這位郎中抬頭看我們時，我們也開心微笑地俯視他；最後我瞧見他臉上浮現一絲興味，那雙彷彿會穿透人心的眼直視著我們，似乎發現某種令他好奇的事物，馬上攤開一個皮套，裡頭裝滿各式新奇的小儀器。

「小姐們，看這裡！」那位郎中邊說邊展示那些道具，「我先聲明，除了那些沒什

麼用處的專長外，我還懂一些牙醫技巧。該死的狗！」他突然話鋒一轉：「安靜！你這隻禽獸，這樣叫，小姐們怎麼聽得到我說的話！小姐身旁這位高貴的朋友，就是右邊這位年輕小姐，一口利牙、太長、太尖，像錐子、繡花針似的。哈！我這人就是眼尖、視力又好，剛剛一抬頭就瞧見了。這樣說似乎對小姐不敬，但還是得這麼說，現在我人在這兒，還有銼刀、打孔機、鑷子也都準備好了，只要小姐願意，我可以讓牙齒變得整齊、圓滑不再尖銳，再也有不會有像魚一般尖銳的牙齒，小姐是如此的美麗，也該擁有一口漂亮的牙齒。嘎！這位小姐是不是不高興了？我是不是太無禮？還是我冒犯了？」

的確，卡蜜拉從窗旁退開時，著實十分生氣，「那個江湖郎中膽敢如此侮辱我們？妳爸人呢？我要那個郎中向我道歉。如果是我爸，他鐵定會將那個無賴綁在幫浦上，用牛鞭狠狠抽打，再將城堡的家徽狠狠烙進他的骨子裡。」

卡蜜拉從窗旁後退一、兩步，坐在視線看不見那個冒失鬼的地方，然後她的盛怒迅速平息，慢慢回復原本的語調，似乎已經原諒那個小駝背的冒失。

那天傍晚，父親精疲力竭地回來，敘述一件剛剛才發生極類似前兩次致命怪病的病例，就在一英哩外，某個在父親田裡工作的年輕農夫，他妹妹染上了重病，據他妹妹所言，她也曾遭到類似的攻擊，現在病況正緩慢持續惡化。

「這一切都是大自然造成，這些可憐人相互散布那些怪力亂神的說法，反覆敘述幻想出來的恐怖影像恐嚇自己。」父親說。

「但這種情形真的很嚇人！」卡蜜拉害怕地說。

「怎麼說？」父親問。

「我好怕自己也會因為幻想而看到那些東西，我想一定跟真的一樣恐怖。」

「我們有上帝保佑，沒祂的允許，不會發生任何事，真心信奉祂的人可以平安度過這一切。祂是我們忠實的造物主，祂創造了我們，就會照顧我們。」

「造物主！大自然！」卡蜜拉不耐地回應我那溫和的父親，「這些在村民間肆虐的疾病都是大自然的傑作！我想，是不是所有事物的運行都和大自然有關？還有天上、地上、土裡的萬事萬物，也都是由大自然決定生死？」

「醫師說他今天會過來一趟，」一陣靜默後，父親開口說道：「我想知道他對這件事的想法與建議。」

「醫生對我沒有任何幫助。」卡蜜拉悠悠地說。

「妳以前生過病嗎？」我開口問。

「比妳得過的任何病都嚴重。」卡蜜拉答道。

「很久以前嗎？」

「沒錯，很久以前。那場病讓我飽受折磨，不過現在已經忘掉當時所承受的苦痛，比起其他的疾病，那些也不算什麼。」

「妳那時年紀還很小囉？」

「應該是吧，我們不要再談論這個話題，妳不會傷害自己的朋友吧？」卡蜜拉意興闌珊地看著我的眼睛，雙手疼惜地環住我的腰，帶我走出房間，而父親則坐在窗旁忙著處理一些文件。

「妳爸為什麼總喜歡嚇唬我們？」眼前這個漂亮的女孩邊嘆氣、邊微微顫抖道。

「才沒有呢，親愛的卡蜜拉，他才不會做這種事。」我開口安慰她。

「親愛的，妳會害怕嗎？」

「如果我也像那些可憐的村民一樣，想到自己的生命受到威脅，當然會非常害怕。」

「妳害怕死亡嗎？」

「當然，每個人都怕。」

「但若能像殉情般死去，戀人就能永遠生活在一起。當女孩們來到世上的時候，就好比毛毛蟲，等待夏日來臨，破繭成蝶。同時，世上也有幼蟲，妳注意到了嗎——每一種都有獨特的習性、需求和構造，宛若每個女孩都有不同的性格和樣貌。這是布豐先生[8]在書裡提到的，書就在隔壁房裡。」

那天稍晚，醫生前來拜訪，與父親密談了好一會兒。這位醫生的醫術十分高明，年紀約莫六十上下，臉上撲著粉，刮過鬍鬚的蒼白臉頰就像南瓜表面一樣光滑。當他們一同離開房間時，我還聽見父親的笑語：「我真想知道像您這樣有智慧的人，是怎麼看待鷹馬[9]和龍這些生物？」

「不論生或死都是一種難解的奧祕，我們人類知道的太少了。」醫生邊笑邊搖頭說道。

然後腳步聲漸行漸遠，再也聽不見他們的談話聲。雖然當時不知道醫生說了些什麼，但現在的我應該可以猜出一二。

5 奇妙的巧合

傍晚，畫像修復師的兒子遠從格拉茲[10]來到城堡，他有一張黝黑的臉，帶著一匹馬駝著兩只裝滿圖畫的大箱子。這段路程長達十里格，所以，只要有信差從格拉茲來到城堡，我們通常都會擠向大廳，聽聽他帶來的消息。

他的到來對住在偏僻地方的我們而言，是一件極為重要的事。這位信差的箱子還留在大廳裡，人已經被幾位僕役服侍著用晚餐。隨後，在大家的協助下，備好榔頭、鑿子與螺絲起子，在眾人的巴望下，回到大廳打開箱子。

卡蜜拉無精打采地看著一幅又一幅的古老圖畫，這圖畫幾乎全是肖像，經過重新修補後，重現原有的光彩。我的母親來自一個古老的匈牙利家族，而這些經過修補、將在城堡重新展示的畫，大部分都來自母親的家族。

父親手上握著一張清單，每唸一個號碼，師傅就找出相對應的畫。我不清楚這些畫是否算佳作，但毋庸置疑的是每張都頗具歷史，有些甚至還啟人玩味，直到方才，我才首度驚覺這些畫作大部分都價值不菲；以前可能因為沉積的煙灰才讓這些名畫蒙塵！

「這裡有幅畫我從未見過，」父親說道：「畫上方的角落有個名字，應該是『瑪希亞．卡恩斯坦』，日期是『一六九八年』，讓我想想，這幅畫像到底是誰。」

我記得這幅畫，這是一張小畫像，約一英呎半高且趨近於正方形，沒有裱框，因年久烏黑而無法辨識，現在圖畫修補師很驕傲地展示。好美的一張肖像！真令人驚豔、看起來栩栩如生……這張人像畫的是——卡蜜拉！

「親愛的卡蜜拉，這真是天大的奇蹟！畫裡的妳活靈活現地微笑，像要開口說話的模樣。爸，你看，這是不是太美了？甚至連卡蜜拉脖子上的痣都畫了出來。」我驚豔地說道。

「的確非常像。」父親笑道，但旋即轉過頭去，而且讓我意外的是，父親似乎有些震驚，然後又繼續與畫像修補師交談。那位畫像修補師也算是一位藝術家，此刻正以他的專業滔滔不絕地講解這些畫像與其他作品。

「爸，可不可以將這幅畫掛在我房裡？」我開口問道。

「當然可以啦，親愛的。」父親笑著說道：「很高興妳喜歡這幅畫，它比我想像的還漂亮。」

但卡蜜拉卻對父親的讚美置若罔聞，彷彿沒有聽到。此刻的她正靠臥在座椅上，長睫毛下的美麗雙眼正意味深長地盯著我，臉上掛著狂喜的笑容。

「卡蜜拉，妳現在可以清楚看見畫像角落的名字不是瑪希亞，看起來像是以金粉寫上，她的名字是蜜卡拉．卡恩斯坦伯爵夫人，旁邊還有小小的皇冠標誌，下面寫著西元一六九八年。我母親來自卡恩斯坦家族，所以我可說是這個家族的後裔。」

「哦？」卡蜜拉有氣無力地說：「那我也算是囉，不過這是很久遠、古老的家族，現在還有其他卡恩斯坦家族的後裔嗎？」

「應該有，但已經不使用這個姓氏，我相信應該是很久以前的幾次內戰，讓這個家族分崩離析。不過，卡恩斯坦家族的城堡廢墟，就在離這裡三英哩外的不遠處。」

「真有意思！」卡蜜拉還是一副有氣無力的模樣，望向微微開啟的大廳門外說道：「妳看，今晚的月色好美！想像自己在花園裡漫步，俯瞰那條小徑和河流。」

「今晚好像妳出現在我們眼前的那個晚上。」我細聲說道。

她輕嘆了一聲，微笑起身，我們攬著彼此的腰，走到外頭的步道上，安靜、緩慢地走到吊橋旁，一大片開闊的美景在眼前展開。

「妳剛剛在想我出現的那一晚嗎？」卡蜜拉近乎呢喃地說道：「我的出現，是否讓妳開心？」

「親愛的卡蜜拉，我真的很開心。」我回答。

「妳還要求將那幅很像我的畫，掛在妳房裡。」卡蜜拉又嘆一口氣，低聲說著，攬著我的腰那隻手又將我拉得更近，秀麗的臉靠在我肩上。

「卡蜜拉，妳真的好浪漫，每次一說起自己的故事，就會摻入這麼多浪漫的舉動。」卡蜜拉不語，只是靜靜親吻我，「卡蜜拉，我敢說妳一定談過戀愛，現在的妳就像戀愛中的人一般。」

「我從未談過戀愛，以後也不會，除非那個人是妳。」卡蜜拉悵然說道。月光下的卡蜜拉看起來多麼美麗！臉上的神情顯得既羞怯又陌生，她迅速將臉埋在我的頸間和頭髮裡，不斷劇烈嘆息，彷彿啜泣一般，放在我身上的手也不斷顫抖。

「我為妳而生，妳也要為我而死，因為我是這麼愛妳。」卡蜜拉柔嫩發燙的雙頰貼著我的臉呢喃，我吃了一驚掙脫她的懷抱，她注視我的雙眼彷彿燃燒著烈火，臉頰卻冰冷蒼白。

「親愛的，是不是天氣變冷了？我幾乎忍不住要發抖，我剛剛在作夢嗎？我們進屋裡去吧！走吧！我們進屋裡去。」卡蜜拉懶洋洋地說。

「卡蜜拉，妳好像病了，一副快昏厥的模樣，待會兒妳得喝點酒。」我擔心道。

「好，我會喝的，我現在已經好多了，應該很快就會恢復，不過妳說得對，請給我一點酒。」在卡蜜拉說話的時候，我們已回到大門口。「再讓我們看一會兒今晚的月色好嗎？或許，這將是最後一次一同欣賞這樣的景色。」

「卡蜜拉，妳現在覺得怎麼樣？好點了嗎？」我慌亂地問道，深怕她也染上正在村裡肆虐的怪病，「我爸一定很擔心，他會覺得妳身體這麼差，卻不趕緊告訴我們，這裡有位非常高明的醫生，今天還跟爸爸在一起呢！」

「我相信他是好醫生，也知道妳是善良的女孩，但親愛的，我現在好多了，並不覺得不舒服，只是有點虛弱罷了。大家總說我無精打采，而且我不能消耗太多體力，我幾乎沒有辦法走得比一個三歲小孩還遠，只要力氣一用完，就會變成妳方才看到的模樣。但我的體力很容易恢復，一下子就復原。妳看，我現在不是好好的？」

的確，卡蜜拉現在看起來好多了。我們又聊了好一會兒，而她的精神也非常好，剩下的時間就這麼平靜地度過，她再也沒有出現我認為瘋狂的舉動，我指的是那些瘋癲的談話與表情，不但讓我難為情，更令我害怕。

但那晚發生的事，卻讓我有了新的想法，甚至讓一向無精打采的卡蜜拉出現短暫的活力。

6 極怪異的苦痛

我們走進起居室，坐下享用美味的咖啡與巧克力，雖然卡蜜拉並未取用眼前的美食，但看起來似乎已經恢復正常。此時裴若敦女士和達拉芳婷小姐也加入紙牌派對的遊戲。父親在遊戲進行中，也加入我們，說這就是他的「茶點」，牌局結束後，父親坐到卡蜜拉身旁，略帶焦慮地詢問，自從她來作客後，是否曾接過母親的消息，而答案是：「沒有。」

於是，父親又問卡蜜拉最近是否會有母親的音訊，而她含糊其詞地回答：「不清楚，不過我在考慮是否該告辭，您對我這麼周到又仁慈，而我卻給您添了許多麻煩，我應該明天乘馬車離開，想法子追上母親。我知道可以在哪裡找到她，但請恕我無法告訴您。」

「妳千萬不要這麼想！」父親嚴正說道，讓我大大鬆一口氣。「我們不能就這樣失去妳，除非有令堂的照顧，否則我不贊成妳離開，況且令堂好心同意讓妳留在這裡等她回來。如果妳有令堂的任何消息就更好。因為今晚，村裡肆虐的那場怪病似乎愈演愈烈、愈來愈令人擔心。妳是我美麗的貴賓，雖沒能得到令堂的建議，但我對妳責無旁貸。我一定會盡一切努力，在沒有令堂明確的同意下，妳千萬不要在這個節骨眼離開。不然，我們會很傷心，請恕我們無法同意這個要求。」

「先生，您的好意令我十分感激。」卡蜜拉羞赧地笑道：「您對我這麼好，讓我住在漂亮的城堡裡，有無微不至的照顧與令嬡的陪伴，這是我一生中最愉快的時光。」

語畢，父親立刻展現老式的紳士風度，親吻了卡蜜拉的手，滿心歡喜地笑著接受她的感謝。一如往常，我陪卡蜜拉回她的房裡，在她準備就寢前，坐著陪她聊聊天。

「妳認為妳會有告訴我實話的一天嗎？」我終於開口問道。

她聞言轉身微笑，卻依然不發一語，只是對著我微笑。

「妳不打算回答？」我又問：「妳什麼都不說，我真不該問的。」

「無論妳要問什麼都是對的，妳不知道對我來說，妳有多麼珍貴，否則妳就不會這樣自信滿滿地詢問，但我曾發過毒誓，所以不敢說出自己的故事，甚至對妳都不行。但很快，妳就會知道真相，妳會認為我很殘酷、自私，但愛本身就是自私的，愛得愈深就愈自私。妳不知道我有多麼善妒，妳可以愛我至死，或恨我至死，但無論如何我們都得生死與共，在我冷酷的天性裡，沒有『模稜兩可』這個字眼。」

「卡蜜拉，妳又胡言亂語了。」我急忙說道。

「不，雖然我愚昧又充滿古怪念頭，但為了妳，我會保持神智清明的。妳參加過舞會嗎？」

「沒有。妳怎麼會去參加？舞會是什麼樣子？一定很吸引人！」

「我都快忘了，那是好幾年前的事。」

「妳才沒那麼老，更何況第一次參加舞會一定令妳難忘！」

「舞會的過程我全記得，只是得費一些腦筋，所有的事我都看得一清二楚，就如同潛水時看著水面一樣，是透過一種媒介，緊密如漣漪般的透明物體；那景象像一張迷亂、褪色的照片；那一夜，我彷彿被人狠狠刺了一刀，傷口在這裡。」卡蜜拉撫著心口說道：「此後，一切都變了！」

「妳那時命在旦夕？」

「是的，非常危險，那是一種愛，非常殘酷、奇特的愛，想置我於死地一般。愛，會尋找屬於自己的犧牲品、有血肉的犧牲品……睡吧！我好疲倦，明天可能起不了床，就這樣吧，可以幫我鎖門嗎？」卡蜜拉躺在床上，頭倚著枕頭，埋在濃密秀髮下的小手貼著臉頰，臉上掛著一抹令人無法理解的羞赧笑容目送我離開，我向她道晚安，帶著不安的情緒離去。

我常懷疑卡蜜拉是否曾禱告，因為我幾乎未曾見過她屈膝祝禱，她早上從不下樓，往往在禱告結束許久後才出現；晚上也不曾參加大廳裡進行的禱告儀式。

若非她曾不經意透露以前曾受洗，我真會懷疑她是否是基督徒。關於宗教這個話題，我從未聽她發表過任何意見，如果我見過的世面夠多，或許對她在宗教上的輕忽與淡漠，就不會如此大驚小怪。

人的神經質是會傳染的，性格相似的人在相處一段時間後，便會開始相互模仿，我現在已經開始模仿卡蜜拉在就寢前鎖房門的習慣，腦海中也胡思亂想會有入侵者或刺客半夜闖入；甚至，還學卡蜜拉每晚睡前對房間做個小檢查，以確保沒有刺客或強盜「窩藏」其中。

進行完這些看似精明的防範措施後，我才能安心上床就寢，我還喜歡在房裡留一盞燈讓它持續到天明，這倒是我原有的習慣，而且是很久以前就開始的老習慣，無論如何，這個動作絕不能省略。

雖有這些安全措施可助我安心入眠，但夢卻從石壁穿入，照亮暗室，或相反的，讓明室變暗，夢中人可隨喜好自由進出，何需鎖匠？那天晚上，在一種詭異的苦楚中，我開始連番怪夢。

我不能說這是夢魘，因為即便在睡夢中，我的神智依然相當清楚，也明白夢中的我是在自己的臥房裡、躺在床上，一切的感覺都如此真實。夢境裡，我看著、或幻想自己看著房裡的家具……一如睡前的擺設，只是室內非常暗。然後，我看見有個東西在床腳邊移動，剛開始還無法分辨，但隨即發現那是一隻煤灰色、外型像貓的怪物，由牠經過壁爐時與前面的墊毯大小相等來看，應該有四、五英呎長，牠像籠中不懷好意的猛獸般來回走動，我無法驚叫，我嚇壞了，牠移動的速度加快，而房間也愈來愈暗，暗到只能

看見牠的眼睛，我感覺牠跳上了床，一雙大眼逼近我的臉。突然，胸口有如兩根巨針刺入般劇痛，彷彿深深刺進胸膛約一至二英吋，我在自己的尖叫聲中驚醒，房裡徹夜燃燒的燭火依然明亮，我看見一個女人的身影立在床尾右側，身穿深色寬鬆的衣服，長髮及肩，就算是石頭也無法如她一般站得如此筆直、動也不動，此刻沒有任何的呼吸騷動，我凝視著她，發現她移動位置、移向房門、接近、打開、然後消失無蹤。

這時，我才鬆一口氣，恢復呼吸及行動的能力，腦海浮現的第一個念頭是：卡蜜拉剛剛惡作劇，偏偏我又忘了鎖門，於是我趕緊上前關門，卻發現門還好好反鎖著！我嚇壞了，不敢打開，又趕緊奔回床上用被子蒙住頭，如死屍般僵直地躺在床上，直到天明。

7 災厄降臨

時至今日，一想起當晚的種種，我依然無法適切地表達那一夜的感受。那不僅是一場惡夢驚醒後的不安，而是與時俱增、愈演愈烈，彷彿已經散播到房間每一個角落的極度恐懼。

事情發生後，我再也無法忍受片刻的獨處！原該告訴父親整件事的經過，但基於兩個原因讓我忍住不說：其一是怕父親嘲笑，我一定無法接受這樣的結果；另一個原因是擔心父親會以為我也遇到村裡肆虐的神祕事件，雖然我自己倒不擔心，但顧及父親的身體狀況時好時壞，真怕驚動了他。

我想，只要有裴若敦女士及活潑的達拉芳婷小姐這兩位善良的夥伴陪伴，應該就夠了！她們也察覺到我的精神恍惚及緊繃，於是，我坦白敘說心情沉重的原因。達拉芳婷小姐對我的話一笑置之，但裴若敦女士則面露憂慮。

「不久前，」達拉芳婷小姐笑道：「卡蜜拉臥房窗戶後的菩提樹路也鬧鬼呢！」

「別胡說！」裴若敦女士大概認為這話題不合宜，於是正色道：「是誰告訴妳這件事的？」

「馬丁說在老院子鐵門整修的那段期間，他碰到兩次，每次都在日出前，而且兩次看起來都像同一個女人的身影往菩提樹路走去。」

「他的話我才不信咧！除非太陽打西邊出來！」裴若敦女士說。

「我想是吧！但馬丁很害怕，我還沒見過有誰比他更害怕呢！」

「妳千萬別跟卡蜜拉提起這件事，因為從她臥房的窗戶正好可以看見那條路。」我插嘴道：「而且，她比我還膽小。」

那天，卡蜜拉比平常更晚下樓，一見到我們，立刻驚駭道：「昨晚真嚇壞我了，我敢說要不是跟那個可憐的小駝背買了護身符，一定早就看見什麼可怕的東西！我夢到床邊有個漆黑的傢伙，將我嚇醒！而且，有那麼一秒鐘真覺得看到有個黑影站在火爐旁，我突然憶起枕頭下的護身符，就在手指即將觸摸到的時候，那個黑影突然消失，我十分確定，有可怕的東西出現，還想掐住我，就像村裡那些可憐的人們一樣。」

「卡蜜拉，妳聽我說……」於是我重述昨晚駭人的遭遇，聽到這些描述，她顯得驚恐不已。

「妳有將護身符放在身上嗎？」卡蜜拉急切地問道。

「沒有，我隨手丟在起居室某個瓷瓶裡，不過既然妳這麼相信它的功效，今晚我一定帶在身上。」

事過境遷，我無法重述當時的感受，甚至連那晚是如何克服內心的恐懼，獨自回到房裡就寢等等都早已遺忘，只清楚記得我將護身符別在枕頭上，接著，幾乎是倒頭就睡，睡得甚至比平日更安穩。

第二晚也是同樣的情形，我一夜無夢，睡得特別香甜，儘管甦醒時有些困倦、沮喪，但這些都不足以使我的一夜好眠失色。

當我將這幾夜異常安穩的睡眠告訴卡蜜拉後，她答道：「嗯，我也說過昨晚將護身符別在睡衣領口，結果睡得非常安穩，前天是我將護身符放得太遠。我相信除了夢以外，其他都是幻想。以前我就認為夢是惡靈的傑作，但醫生卻說根本沒這回事，只不過是發燒或其他病症找上門，但不得其門而入，讓我們空緊張一場罷了。」

「妳認為這個護身符有什麼功效？」我又接口問道。

「我想應該是以某種藥物燻染或浸泡過，因此可以治療瘧疾或瘴氣。」

「那麼只對身體起作用囉？」

「當然！妳該不會以為惡靈會被一小塊緞帶或藥房販售的香水嚇退吧？事實上是疾病瀰漫在空氣中，剛開始會侵入人類的神經系統，然後感染腦部，但在病魔逞凶之前，這些解藥早就將它擊退，我相信這就是護身符的功效。並非魔法使然，純粹是天然藥劑發揮效力。」

如果能同意卡蜜拉的說法，我可能會輕鬆許多，但儘管竭盡所能，這個理論仍無法說服我。

雖然有好幾夜我睡得異常安穩，但每天早晨卻依然在同樣的困倦中醒來，而且一整天都無精打采。我發覺自己在轉變，有種詭異的鬱悶感正籠罩我，而我卻無法終止這樣的現象，腦海裡開始產生死亡這些陰鬱的想法，此外，還有某種怪異的念頭讓我緩緩、一步步陷入，奇怪的是，我似乎不排斥這種感覺，就讓它一點一滴地占據我。我既感到悲傷，卻又有一絲甜蜜，暫且不管這到底是什麼，我的靈魂早已默然接受。我不願說自己病了，也不願意告訴父親這些情況，更別說請醫生過來檢查。

卡蜜拉對我的依戀愈來愈深，而她奇怪的突發倦怠也愈顯頻繁。她愈是熱切地注視我，我就愈感到自己的精神與體力雙雙減弱，如此短暫而瘋狂的目光常令我驚慌。

在毫無知覺的情況下，我正經歷一場常人無法體驗的怪病後期階段。這種疾病的初期症狀是會產生一種無法理解的迷戀作用，讓我心甘情願地接受此病所產生的影響，那種迷戀會隨時間不斷增強，直達某種程度，便緩緩轉化成恐怖的感覺，然後不斷強化、最後徹底改變、扭曲我的生活。我經歷的第一個變化頗令人接受，像某種轉捩點，讓人開始往地府墜落。

睡夢中，又出現某種奇異、模糊的感覺，彷彿在河中逆流沐浴時，那種令人愉快卻又不禁打哆嗦的沁涼，隨即而來的，彷若是永無止盡卻又模糊不清的長夢，甦醒時，我完全無法憶起夢中的場景、人物或動作。但，夢依舊留下令人難忍的印象與極度的疲憊，好似我曾耗費大量的心力或經歷一段危險的旅程，夢醒之後，只依稀記得夢中似乎來到某個幽暗處，對著看不見面容的人們說話；其中，有個女子的聲音特別清晰，非常低沉、緩慢，彷彿從遙遠的地方發聲，每次都讓我有難以言喻的肅穆與恐懼感；有時，又感覺有雙手輕柔地撫過我的臉頰與頸項；有時，又感覺有溫暖的雙唇在吻我，久久、深情地吻向我的頸項，接著愛撫，然後我的心開始狂跳，愈跳愈急，呼吸也開始急促起伏，我全身溼透了，感覺脖子被緊緊勒住，最後演變成劇烈的抽搐，終至失去知覺。

這些無法解釋的怪異現象發生至今已超過三個星期，從上週開始，這些痛苦開始具體浮現在我的外表：臉色愈來愈蒼白、雙眼空洞、眼眶腫大，長期的倦怠感出現在臉上。父親經常問我是否病了，但出於莫名的固執，我堅稱自己很好。

就某方面來說，這是事實；因為我既未感到疼痛、身體也未出現任何異常。這些病痛似乎是出自想像或精神緊張所造成，儘管這些病痛如此恐怖，我仍不願向任何人提起，只是默默承受。

這不可能是村民口中的可怕吸血鬼所造成，因為發病至今我已忍受三個星期的折磨，但村民們幾乎很少熬過三天以上，很快就不治身亡，結束一切的苦痛。

卡蜜拉也抱怨著怪夢與發燒的症狀，但情況並未如我一般危急，我向她敘說自己的情況十分危急。如果當時能了解自己的情況，我願意虔誠下跪祈求任何的幫助與建議，但疾病卻像迷藥，在不知不覺中發生作用、痲痺了我的知覺。

現在我要告訴你，另一個讓我有驚人發現的怪夢。

那天夜裡，在睡夢中，我聽到的不是那個熟悉的聲音，而是另一個甜美溫柔卻令人顫慄的聲音說道：「妳母親要我警告妳，小心有人偷襲。」，此時，一道意想不到的光線突然射出，在光線的照耀下，我看到卡蜜拉穿著白色睡衣站在床腳，從唇顎以下一直到腳，全身浸濡了血水。

我尖叫著醒來，腦海裡只盤旋一個想法——卡蜜拉被人謀殺了。我記得自己從床上彈起，接下來的印象，只記得站在大廳當中，大聲哭喊著找人幫忙。

裴若敦女士和達拉芳婷小姐驚慌地從房裡衝出，就著大廳裡的燈光，瞧見了我，也很快了解我如此驚慌的原因。

我堅持要去敲卡蜜拉的房門，但無人回應，於是，輕敲立刻變成槌打與騷動，我們尖叫著卡蜜拉的名字，卻沒有回應。這下所有的人全都嚇壞了，因為房門緊鎖著，我們又立即慌張地衝回我房裡，不斷急促拉著響鈴。如果父親的臥房在城堡這一側，我們一定會立刻尋求他的協助。但，可惜！他在遠到聽不見我們的地方，而我們沒有人有勇氣跋涉這段路程前去尋求幫助。

等僕人們迅速衝上樓來時，我已穿妥睡袍和拖鞋，另兩位女士也同樣裝扮妥當。等大廳裡傳來僕人們的聲音後，我們便再度來到卡蜜拉的房門前，再次叫喚，結果依然徒勞無功，我要求男僕打開門鎖，他們依言開了門，我們高舉著燈站在門口瞪視屋裡。進房後，仍不斷叫喚卡蜜拉的名字，卻依然沒有任何回應，環顧屋內，完全沒有被破壞的跡象，所有的擺設一如我先前道晚安時的樣子——唯獨卡蜜拉不見了。

8 搜尋

當我們發現房裡除了我們闖入所造成的騷動外，一切平安無事，才稍稍冷靜，定下神後便支開那些男僕。原本，裴若敦女士還以為剛剛門外的騷動驚醒卡蜜拉，嚇得她從床上跳起，躲在窗簾後，當然，得等管家和男僕們離開後才願意現身。因此，我們再次搜尋卡蜜拉的房間，並叫喚她的名字。仍一無所獲，我們也更加困惑不安。

檢查了所有的窗戶，卻發現窗戶依然緊鎖。我懇求卡蜜拉別再躲藏、別再玩這種嚇人的遊戲！但還是無法奏效。這時我才相信卡蜜拉真的不在房裡、也不在更衣室裡，因為門好端端地從內側鎖住，她不可能躲在裡頭。我完全迷糊了，難道卡蜜拉發現了老管家所說的通往城堡外的祕密通道？我想，過一段時間一切都能有合理的解釋，但現在我們仍是困惑不已。時間已過了半夜四點，我決定待在裴若敦女士的房裡度過下半夜。但天亮後，問題依然未能迎刃而解。

隔天一早，整個家都處在極度的不安中，城堡的每一處都經過徹底的搜查，但還是找不到卡蜜拉的身影，最末還打算打撈那條小河，而父親顯得十分焦慮，不知等卡蜜拉的母親回來時該如何交代。我也同樣焦躁，但我的悲傷卻源於另一種原因。

這天早上就在驚慌與動盪中度過，現在已經下午一點，依然音訊杳然。於是我跑回卡蜜拉的房裡，卻發現她就站在梳妝台旁。我嚇呆了！不敢相信自己的眼睛，她安靜地以那雙美麗的手向我打手勢示意，臉上則是極度驚恐的表情。

我欣喜若狂地衝向她，不斷親她、抱她，還跑去用力拉鈴，迫切地想通知其他人也到這兒來，想立刻舒緩父親的焦慮。

「親愛的卡蜜拉，這段期間妳到底發生什麼事？大家都很擔心。」我大聲問道：「妳到哪兒去了？是怎麼回來的？」

「昨晚真奇怪。」卡蜜拉回答。

「天哪！快說，妳到底發生什麼事！」

「昨夜兩點過後，」卡蜜拉無助地說道：「我如往常般鎖上房門和面向起居室那間更衣室的門，才上床就寢。我睡得很安穩，應該沒有作夢，但，就在剛才，我卻在更衣室裡的沙發上醒來，而且發現通往寢室的門被打開，另一道門的鎖被撬開，怎麼可能發生這些事，我還熟睡不醒？一定有很多噪音才對，我又是那麼容易被吵醒的人，再者，我怎麼可能被帶離床鋪卻不被驚醒？我是多麼容易受到驚嚇！」

此刻，裴若敦女士、達拉芳婷小姐、父親，以及僕人們全聚集在房門口。當然，卡蜜拉立刻就被一堆問題、道賀聲、還有歡迎聲給淹沒。當大家詢問她為何消失的事時，她就搬出適才的故事勉強滿足大家的好奇。

父親將所有的僕人遣走，而達拉芳婷小姐也離開去尋找纈草鎮定劑[11]和嗅鹽[12]，現在房裡陪卡蜜拉的人只剩下父親、裴若敦女士和我。父親若有所思地走向卡蜜拉，溫和地牽起她的手，帶領她走向沙發，坐在她身旁。

「親愛的，可否原諒我擅自臆測，冒昧地請教一個問題？」父親開口問道。

「還有誰比您更有資格詢問我呢？」卡蜜拉答道：「您儘量問吧！我會盡所能地告

訴您。但我的故事就是如此困惑不明，其他的我一無所知，請儘管問吧！但您也知道媽媽立下的規矩。」

「當然，親愛的。我不會問到她不希望觸及的話題，現在，我們都知道昨晚發生一件怪事：讓妳在未驚醒，而且還是在窗戶緊閉、兩道門也都從內側反鎖的情況下，離開床鋪、離開這個房間，我有個推理想告訴妳，但請先回答我一個問題。」父親嚴肅地問道，卡蜜拉懶洋洋地托著腮，裴若敦女士和我則屏息傾聽。「現在，我的問題是：妳是否曾經夢遊過？」

「沒有，從很小的時候就沒有了。」

「但妳小時候的確有過夢遊症？」

「是啊！保姆經常這樣說。」

「那麼，我推想事情是這樣：妳在睡夢中起身，打開房門，一如往常未將鑰匙留在門鎖上，反而從門外重新上鎖，然後拿走鑰匙，帶著它走到這層樓二十五間房裡的某一間，或者走到樓上或樓下，這裡有這麼多房間和衣櫃，這麼多笨重的家具，還有這麼多柴堆，搞不好得花上一整個星期的時間來搜索……現在，妳明白我的意思嗎？」父親聽了微笑地點頭說道。

「我知道，但並不全然了解。」卡蜜拉回答。

「爸，卡蜜拉發現自己躺在更衣室裡的沙發上，而我們又在此處搜查了那麼多遍，這件事又要如何解釋？」我懷疑地問。

「卡蜜拉是在搜查完後才回到這兒。她當時仍在睡夢中，甦醒後，才和其他人一樣很驚訝自己竟出現在這種地方。卡蜜拉，我希望這個推理與妳想的一樣清楚明白。」父親笑道：「現在，我們可以慶幸這件事有合理的解釋，沒有人下藥、沒有人竄改門鎖、沒有竊賊、沒有人下毒、也沒有女巫作法，沒有什麼需要提醒卡蜜拉或其他人注意的危險事件發生。」

卡蜜拉現在的模樣嫵媚極了，膚色美得無可比擬，她的美麗又因本身獨特的慵懶而更顯迷人，我想父親應該是暗中比較我們兩人的臉色，所以才說：「希望我可憐的蘿拉能恢復原來的模樣。」語畢，他嘆了一口氣。

於是，這場鬧劇完美地告一段落，卡蜜拉也恢復往日的活力。

9 醫生

由於卡蜜拉不願意房裡有看護陪伴，父親只好安排僕人睡在房門口，如此一來，她就無法在不被人發現的情況下，舊事重演。那晚平靜地度過了，但第二天一早，父親卻在未知會我的情況下，暗中派人請醫生來城堡診斷我的病況。裴若敦女士陪我到書房，我先前提過的那位嚴肅、頭髮花白、戴眼鏡的醫生，已在那兒等著接見我。

我開始向醫生敘述事情的經過，卻發現他的神情愈來愈嚴肅，當時我們面對面站在窗戶的壁凹處，當故事完結時，他的肩膀斜靠在牆壁上，雙眼熱切地直視我，興致勃勃中卻流露出一絲恐懼。經過短暫的沉思後，他向裴若敦女士求見父親。

於是，我們立即派人請父親過來，父親前腳才剛踏入，就立刻笑容滿面地說道：「醫生，我敢說，你一定是要告訴我，找你來實在是蠢事一件，希望我沒說錯。」

但當他瞧見醫生以極嚴肅的面容示意他走近後，那笑容便逐漸退去。

父親與醫生站在我方才站立的位置上交談，看起來似乎在進行嚴肅且充滿爭議的對談。房間非常大，我和裴若敦女士並排站著，房裡另一端進行的交談令我們好奇不已，由於他們以極低的音調交談，所以我們無法聽見內容；而且醫生站在壁凹處，整個人被擋住，父親也一樣，我們只能看見父親的腳、手臂與肩膀，厚牆與窗戶形成類似衣櫥的結構，讓我們完全無法聽見他們的交談。

經過一段時間後，父親呆望著房間，臉色蒼白、若有所思，神情略顯激動，「親愛的蘿拉，妳過來這裡。裴若敦女士，按醫生的說法，此刻就先不麻煩妳了。」

於是，我向他們走近，這時，我首度感到有些緊張，因為，儘管我覺得很虛弱，卻不覺得自己生病，而人的活力也常被視為只要願意就可以馬上恢復的東西。

父親朝我伸出手，雙眼卻盯著醫生說道：「這種現象的確非常奇怪，我完全無法明白。親愛的蘿拉，過來這裡，仔細聽史必爾斯伯醫生的話，好好回想。」

「妳方才提到首度作惡夢時，約莫靠近脖子的地方，有像被兩根針扎進皮膚裡的感覺，現在還會痛嗎？」醫生問道。

「完全不會。」我回答。

「妳可以指出感覺被針扎的部位嗎？」

「就在喉嚨下，這兒。」我答道，當時我穿著一件薄衫，正好遮住所指的部位。

「現在你可以自己確認！」醫生朝父親說完後，轉身向我說道：「不介意讓妳爸將妳的衣服往下拉一些些吧！這是為了檢查妳的病症不得不做的動作。」

我默然同意，那個部位只在領口下方一至二英吋的位置。

「天啊！果然有！」父親驚呼，臉色迅速轉為蒼白。

「現在您親眼目睹！」醫生帶著鬱鬱寡歡的勝利感說道。

「到底是什麼？」我害怕地驚叫。

「沒事！孩子，只是一個藍色的小點，大約是妳小指指尖的大小，現在……」醫生轉身向父親繼續說道：「問題是，現在該怎麼辦？」

「有任何危險嗎？」我懼意加深，焦急地問道。

「親愛的，我相信不會有事，」醫生安慰我，「沒道理不恢復正常，我相信妳馬上就可以感覺好一點，這就是妳一開始感覺被勒緊的部位，是吧？」

「是的！」

「那麼，請妳努力回想，剛剛提到像被一股冰冷的潮流衝激著，發出一陣刺骨冷顫的感覺，也是從這兒來的嗎？」

「應該是！我想是這樣沒錯。」

「哎，果然如此。」醫生轉身向父親說道：「我可以和裴若敦女士說句話嗎？」

「當然可以。」父親略顯蒼老的聲音答道。

醫生喚來裴若敦女士，並開口說道：「我發現蘿拉小姐的身體狀況很糟，這樣下去恐怕會有不良後果；因此得採取某些措施，我會慢慢向妳解釋，但這段時間，妳暫時不能讓蘿拉小姐獨處，這是我目前給妳的唯一指示，請務必嚴格遵守。」

「裴若敦女士，我相信仁慈的您，一定不負眾望。」父親焦慮地補上這麼一句，裴若敦女士則是熱切地回應父親的託付。

「蘿拉，我相信妳會遵照醫生的指示去做。此外，醫生，再請教您對我們另一位病患的看法，她的症狀與小女有些類似，我想應該是同樣的症狀沒錯，她是一位年輕女士——也是我們的客人，既然醫生您下午回程還會經過這裡，我想請您賞光在寒舍用晚餐，然後再診斷這位客人的情況，她只有下午才會從房裡下樓。」

「謝謝您，」醫生客氣地答道：「我會再來的，嗯……大約晚上七點左右吧！」

臨走前，醫生和父親再度向我與裴若敦女士叮嚀方才的指示，然後一同離開房間，

我看見他們在古道與護城河間，也就是城堡前那片長滿青草的平台上來回踱步，顯然正聚精會神地進行嚴肅的討論。

但那晚，醫生並未出現，我看見他蹬上馬，穿過森林往東而去，幾乎同時，我又瞧見一位德倫菲爾的信差，下馬後將郵件袋卸下遞給父親，而裴若敦女士和我都在此時陷入沉思中，原因當然是父親和醫生那異常又嚴肅的指示。裴若敦女士事後告訴我，她認為醫生是怕我突然昏倒，如果無人在旁協助，可能會因此休克送命，或因此受到嚴重的傷害。這個解讀並未令我震驚，我猜想，或許很幸運，我的精神還算正常，這種安排僅是單純讓我有個伴，以防止我做太多運動、吃未熟透的水果、或做任何一個年輕人會做的蠢事。

半小時後，父親拿著一封信回來，「史畢爾朵夫將軍的這封信來遲了，他可能昨天就來過此地，也可能明天才會來，或者今天到。」

父親將信交給我，卻未露出一絲欣喜，通常父親都非常歡迎客人來訪，尤其是像將軍這樣令人喜愛敬重的訪客大駕光臨；但他現在卻像是希望將軍葬生紅海海底似的，很顯然，父親有滿腹心事卻選擇保密。

「爸爸，您可以告訴我發生什麼事嗎？」我抱著父親的手臂，殷切地哀求道。

「唉……」父親輕柔地撫弄覆蓋在我額頭的頭髮，嘆了一口氣。

「醫生認為我的病很嚴重嗎？」

「不，親愛的，醫生認為只要採取正確的措施，妳很快就會復原，至少，是朝完全康復的方向，只消一兩天的時間。」父親神情木然地答道：「真希望我們的好朋友史畢爾朵夫將軍，能在其他的時間來訪，我希望是在妳健康的情況下接待他。」

「爸，你得告訴我，」我不死心繼續問道：「醫生到底認為我的狀況如何？」

「沒什麼，妳別再拿這些問題煩我。」父親以我從未見過的煩躁口吻回答，不過我想，他可能察覺我流露出受傷的神色，於是親吻我說：「再過一兩天，妳就可以明白整件事的真相，我所知道的就這麼多，好了，別再為這件事傷神。」

父親轉身離開房間，但就在我思索想釐清整件怪事之際，又轉身返回，只說他打算前往卡恩斯坦堡一趟，因此吩咐僕人在十二點前備好馬車，並要我和裴若敦女士陪同前往。他預計拜訪住在如畫般美景裡的神父，由於卡蜜拉從未見過神父，父親認為卡蜜拉也應該在下樓後與達拉芳婷小姐一同前往，達拉芳婷小姐會準備野餐的材料，並在城堡的廢墟等候。

十二點一到，我已準備妥當，旋即與父親、裴若敦女士按計畫出發。

通過吊橋後，我們右轉順著高聳的哥德橋前進，往西繼續走，終於抵達廢棄的小鎮和卡恩斯坦堡的廢墟。

這裡的林地呈現一幅無法形容的美景：寬闊的土地向緩丘和山谷開展，長滿茂密翠綠的樹木，完全沒有人工修剪或培育的制式樣貌。不規則的地面常讓路面岔出該有的位置，卻因此形成一條沿山谷、懸崖和各種不同地形而起伏蜿蜒的美麗小徑。

就在路上某處轉角，我們突然遇到老朋友史畢爾朵夫將軍，正騎著馬朝我們前進，身旁還跟著一位騎馬的侍從，他的行李掛在租借來的運貨馬車，也就是我們所說的運貨車上。

史畢爾朵夫將軍下了馬，我們也停下馬車，一陣慣常的寒暄後，將軍很爽快地答應坐進馬車的另一個空位，讓侍從帶著馬前往我們的城堡。

10 喪親

自上次分離至今已經十個月，這段時間讓將軍的外表彷彿飽經風霜般，產生巨大的改變：他比以前更瘦、某種憂鬱與焦慮取代原本獨特的熱誠與冷靜；從前，那對深藍的眸子彷彿總能看穿一切，但現在那濃密雜亂的灰眉毛下，只剩一對冷峻堅毅的眼神，這樣的改變並非只是悲傷所致，憤怒才是造成這些改變的主因。

再度啟程後不久，史畢爾朵夫將軍便開口說話，以軍人慣常直率的語氣，敘述痛失外甥女的往事，以及他是如何為鍾愛的外甥女之死所苦；接著話鋒一轉，以極度悲痛與憤怒的口吻，痛罵那是「魔鬼的傑作」，讓外甥女淪為犧牲品。不但如此，甚至還以咒罵而非虔敬的語氣責問上蒼，為何放縱惡魔逞其私欲、為非作歹。

父親當下即看出曾發生極不尋常的事件，便徵詢將軍，若不介意，是否願意將當時的經過、何以如此憤怒的原因，鉅細靡遺地講述一遍。

「我很樂意原原本本地告訴你，」將軍說道：「但你未必會相信。」

「為什麼我會不相信？」父親問。

「因為，」將軍以試探的口吻說道：「你只相信自己的想法和觀念，當時的我就像你一樣，但現在我學到更多了。」

「說來聽聽！」父親說：「我沒那麼武斷。況且，你一定有合理的證據，所以我也非常尊重你對事情所下的結論。」

「沒錯，你的判斷是正確的，我絕不是被誤導而相信這起怪力亂神的事件，我可是親身經歷整個過程，而且有充分的證據可以印證我的理論，我已經可以完全推斷出這整起詭異的陰謀。」

雖然父親表明對將軍行事風格的信任，但還是可以在父親凝視的眼神中，察覺出一

絲懷疑將軍是否精神異常的跡象。

幸好，將軍並未發現，此刻的他正抑鬱而好奇地注視眼前那片開闊的林間空地和森林美景。

「你正打算去卡恩斯坦堡廢墟嗎？」將軍問道：「那實在太巧了！你知道嗎？我原本就想請你帶我過去做一些調查，有件事得仔細查清楚，那裡是不是有間荒廢的教堂，裡頭還有許多絕嗣的家族祖墳？」

「的確有……真有趣，」父親答道：「您是考慮要徵收這些資產嗎？」

父親以幽默的口吻詢問，但將軍並不領情，甚至連「微笑」這種朋友間開玩笑的基本禮儀都忽略了，神情反而更加嚴肅冷峻、似乎不斷回想某件令他憤怒與恐懼的事物，最後板著臉生硬地說道：「有件事十分不尋常，我打算重新挖出那些被埋葬的先人，雖犯了褻瀆死者的罪行，但希望在上帝的祝福下，能幫助人類從此免於惡魔的傷害，讓善良的人們不用再遭受屠殺者的毒手，而有個安穩的好眠。親愛的朋友，現在我要敘說的是一件極為怪異的事，幾個月前，我也一樣對這種事嗤之以鼻、難以相信。」

「卡恩斯坦家族，至少絕嗣超過一百年，內人的母系家族就是卡恩斯坦的後裔。但這個家族的姓氏與稱號早已廢棄不用，城堡荒廢了、小鎮也已荒蕪，最後一次被看見這裡有人居住，早是五十年前的事，現在連屋頂也沒了。」父親再度凝視著將軍，這次的眼神不再帶有懷疑，反而透出敏銳的洞察力與警覺性。

「的確如此，自從上次遇見你後，我也聽聞許多關於這個地方的故事，多到令人咋舌，但我還是按事情的順序娓娓道來，你曾見過我外甥女，她也可以算是我的愛女，是我心目中最美的女孩，但三個月不到的時間就讓她形銷骨毀。」將軍憤怒道。

「噢，可憐的女孩！上次見面時，她的確十分動人。」父親沉重地說道：「所有的言語都無法形容我接獲消息時的心情，是多麼震驚與悲戚，親愛的朋友！我知道這對你而言是多麼沉重的打擊。」

父親執起將軍的手，彼此安慰地握了握手。老將軍毫不掩飾眼眶中盈滿的淚水，繼續說道：「我們是多年的老友，我知道你為我膝下無子感到難過，柏莎就像我最鍾愛的女兒，她讓我的家、我的生活充滿歡愉，但這些都已成過往。我所剩的時日無多，願上帝慈悲，能讓我在臨終前，完成這項造福人類的使命，撫慰在花樣年華不幸喪生的小女，為她報仇。」

「你方才準備敘說整件事發生的經過，請直言吧！我保證這麼急於想聽到你的故事並非只是好奇。」父親開口說道。

此時，我們已抵達都朗思朵路，也就是將軍方才經過的路，由此路岔開後便可通往卡恩斯坦堡。

「還有多遠才會到達城堡廢墟？」將軍緊張地往前探看。

「約莫還有半里格遠，拜託讓我們聽聽您的故事吧！」父親答道。

11 故事的開始

「我保證句句實言、絕無虛假。」將軍費力地道。在短暫整理思緒後，他描述一個我生平聽過最詭異的故事！

「我摯愛的外甥女對你好心安排與令嬡會面一事，一直滿心期待。」將軍向我行了一個紳士卻憂鬱的禮，繼續說道：「不過，我們同時也接到另一位老友卡爾斯菲得伯爵的邀請，他的城堡就位在離卡恩斯坦堡六里格遠的地方。那場慶祝會，你應該也記得，那是伯爵特別為那位顯赫的貴賓查理斯大公爵舉辦的。」

「是的，我還記得那場慶祝會的排場十分奢華。」父親答道。

「簡直可以媲美宮廷宴會！而且款待賓客的排場也比照皇室標準，好像伯爵擁有阿拉丁神燈一樣。可是，我悲慘的日子就從那一晚，在那場燦爛炫目的化裝舞會中展開。舉辦慶祝會的場地開闊寬敞、樹上掛滿五彩燈泡，還施放連巴黎都未必能看到的燦爛煙火。

還有那個音樂——你知道音樂正好是我的弱點——那音樂真是動人！那晚的樂隊，

搞不好還是全世界最棒的演奏樂隊，還有那些歌手，是從全歐洲最好的歌劇院請來的。漫步在奪目眩麗的廣場裡，月光照耀下的城堡從整排長窗上映射出一片玫瑰般的晶光，你會覺得彷彿聽見醉人的聲音從樹叢、從湖上飄搖的船裡傳來。當我凝神觀望、側耳傾聽時，好像回到年輕時那種浪漫如詩的時光。

當煙火表演結束後，舞會便開始。我們回到大家跳舞娛樂的豪華大廳裡。那是一個化裝舞會，你也知道，那景象有多麼美麗，是過去從未見過的絕美景致。

當天所有的來賓都是有頭有臉的上流人士，我想，我可能是當天在場唯一一位『平凡人』吧！

柏莎那晚看起來美極了。她沒有戴面具，興奮和歡愉讓她整個人更增添幾許迷人的韻味，她一直都是如此可愛。後來，我注意到有一位戴著面具、穿著十分華麗的年輕女孩，以充滿興味的眼神打量柏莎，那晚稍早我記得曾在大廳裡見過她。沒多久，她走到我們附近，我們當時站在城堡窗戶外的露台上，正忙著與人交際。而另一位穿著高貴端莊、儀態威嚴的女士，看起來應該是大有來頭的上流人士，則像是那位年輕女孩的同伴。

當時，那位年輕女孩戴著面具，所以我無法十分確定，她是否真的在注視我可憐的愛女，但現在，我十分確定。

後來，我們回到接待廳裡。我可憐的柏莎剛跳過舞，正坐在門旁的座椅上歇息，而我則站在她身旁。我剛才提過的那兩位女士，就在此時朝我們走來，年輕的那位女孩坐在柏莎身旁的椅子上，而另一位女士則站在我身邊，以低緩的音調，向我簡短地自我介紹。

她利用戴面具的機會，轉向我，以老朋友的語氣叫喚我的名字，與我親切地交談，這樣的動作著實讓我好奇不已。她提起曾多次在伯爵這棟高雅的宅邸裡遇見我；不但如此，還稍稍提了一些我早已遺忘的小事，但這些忘懷的往事，在她的敘述中，卻立刻顯得鮮明生動，煞有其事一般。

我愈來愈好奇，想知道她究竟是誰，但她總巧妙、和婉地避開探詢。至於她提到的那些過往似乎都無法考證，但對我因好奇而急於釐清真相、不斷反覆猜測她究竟是誰的窘態，她似乎都視為理所當然且樂於見到。

這時，那位年輕女孩，她母親喚她一個奇怪的名字『蜜拉卡』，在一、二次簡短的自我介紹後，她便開始與柏莎攀談，態度也同樣從容優雅。

蜜拉卡自我介紹時說母親是我某位老友，她的談吐大膽合宜，何況在戴面具的情況下，她就真的像是某位好友般與我們熱絡地交談。她先是讚美柏莎的服裝、然後高明地暗示她有多麼欣賞柏莎的美麗。蜜拉卡笑著批評舞廳裡推擠的人群，並附和柏莎的笑話，以慧黠活潑的一面，博取柏莎的好感，沒多久，她們就成了好朋友。接著，蜜拉卡脫下面具，露出那張非常漂亮的臉蛋，但我和柏莎從未見過這張臉。雖然陌生，不過這張臉如此誘人，充滿魅力，很難教人不被她深深吸引。我可憐的柏莎也是如此，我從未見過有誰像她這樣，一眼就為對方深深著迷，或許除了蜜拉卡吧，因為她似乎也深深地被柏莎吸引。

這時，我也利用化裝舞會可以請對方卸下面具的規矩，向蜜拉卡的母親詢問幾個問題：

『您真是徹底將我搞糊塗了！』我笑道：『別再開玩笑了！現在就請您行行好，摘下面具，這樣對我也比較公平。』

『這個要求真是不合理，竟然占女士的便宜！再說，你怎知你認得出我？歲月可以輕易地改變一個人！』蜜拉卡的母親答道。

『您說得是！』於是我行了禮，略顯無奈地笑道。

『就像哲學家說的，你如何確定看見我的臉就有助於回想呢？』

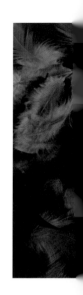

『我倒願意試試，不過，我只想確認，您絕非如您所言，只是一個老女人罷了。』

『但從上次見面後，我們已有多年未見，這點真令我擔心。更何況我女兒蜜拉卡已經這麼大了，我也不可能像往日那般年輕，即便得天獨厚，也早已不復你當年所見的風采。況且，你沒有面具可卸，哪有什麼條件好交換。』

『我懇請您脫下面具吧！』

『我也懇請你，讓我繼續戴著面具。』

『好吧！那至少請您告訴我，您是來自法國還是德國，因為這兩種語言您都說得如此流利。』

『將軍，我不認為我應該告訴你，你期待我能給你一個答案，並想從中推斷出某些結果。』

『無論如何，您都不能否認我很榮幸能獲得您的許可與您交談，而我也有權利知道該如何介紹您。我應該稱呼您伯爵夫人嗎？』

她嗤嗤地笑著，又再度迴避我的問題——如果當時我能以最謹慎的懷疑態度，來對付這種現在看來狡猾得像是事先安排好的對談，那應該就可以輕易改變事情了吧！

『至於這點，』就在她張開雙唇準備解釋之際，突然被一位紳士打斷。這位紳士一身黑禮服，看起來十分高貴出色，但有一個缺點，就是他的臉十分慘白，除了死人之外，我還沒見過比他更蒼白的臉孔。他並未穿戴化裝舞會的服裝，穿得只是一般的晚宴服，嚴肅、講究地行了一個不常見的禮後，說道：『請容我打個岔，不知伯爵夫人是否允許我跟您說一些或許您會感興趣的事？』

蜜拉卡的母親聞言，迅速轉身，沉默地看著黑衣紳士，然後對我說：『將軍，請稍待片刻，我去談個話，馬上回來。』

她下達指令後，就與黑衣紳士走到一旁，狀似熱絡地交談了幾分鐘，然後緩緩走入人群，接著有好幾分鐘的時間，我看不到他們。

在這段空檔，我絞盡腦汁，努力想記起她的一切，因為她似乎對我非常熟悉；我甚至還想轉身加入美麗的柏莎和那位年輕女孩之間的談話，想試著在她回來前，想出她的姓名、稱號、居住的城堡、所屬的領地等等。當她回來時，那位面色慘白的黑衣紳士也陪同一道出現，並且開口說道：『待伯爵夫人的馬車在門口備妥時，我會再回來通知。』黑衣紳士向夫人行完禮後，便先行離去。

『伯爵夫人，那我們就要暫別了，真希望只有短短幾個小時而已。』我深深一鞠躬開口說道。

『可能幾個小時，也可能是好幾個星期。他在這種時候才告訴我這些話，真是很不巧。現在，你知道我是誰了嗎？』

我對她說我還是不知道。

『你會知道的，』伯爵夫人說：『但不是現在。或許到時候，你會很訝異，我們是那麼要好的老朋友。我現在還不能暴露身分，不過我已經打聽清楚，三個星期後，會路過你美麗的城堡，我將順道拜訪，打擾一、二個小時，重建那段只要一回想就讓我無限歡愉的友情，但剛剛那個突如其來的消息，像雷擊一般，令我十分震驚……我現在非得離開，沿那段崎嶇的路跋涉將近百英哩之遙，盡可能地兼程趕路。我心亂如麻，請容我保留我的名字，這是我唯一的請求。我可憐的孩子體力還沒有完全恢復，她騎馬去觀看一場狩獵，不慎從馬上摔落，精神上受到驚嚇還未完全康復，醫生認為她現在得多加休息才行。因此，才會來到這兒——這段行程很輕鬆，一天走不到六里格遠。但現在我一定得日夜趕路不可，這是個生死交關的任務——下次見面，我會好好解釋這個任務的危急與重要性，希望我們還有見面的機會，應該就這幾個星期而已，我絕對毫不隱瞞、一五一十地告訴你。』

那位伯爵夫人接著提出請求，這些話從她口中說出，聽來不像是請求協助，反而像是命令，對自己這種態度，她似乎渾然不覺。她提出要求的方式實在讓人不敢苟同，好像我一定會同意在她離開的這段期間照顧她的女兒。

無論從哪方面來說，這都是一個十分奇怪且無禮的要求；但她的懇求是如此迫切、而且她充分利用我的騎士風範，讓我不得不卸下武裝，卻從此種下致命的禍端。可憐的柏莎也在我耳邊低訴，懇求我邀請她的新朋友『蜜拉卡』到家裡作客，因為她剛剛試探過蜜拉卡，猜想如果她母親同意的話，她應該會很樂意到寒舍作客。

如果是在其他的時候，我可能會請柏莎不要操之過急，至少得等到弄清楚對方的來歷才行，但那兩位女士聯手對付我，讓我連思考的時間都沒有。此外，我必須承認，蜜拉卡那張精緻絕美的俏臉，有種非常動人，以及出身高貴的優雅特質，讓我下定決心、甚至可說是毫無招架之力，於是我屈服了，而且十分輕率地承諾要照顧那位名喚蜜拉卡的年輕女孩。

接著伯爵夫人叫喚了蜜拉卡，她全神貫注地聆聽母親交代的事項。大體內容是說，她突如其來被召喚，以及她已經將她託付予我照料，還說我是她交情最老、最尊重的朋友。

而我，當然說了一些當下應該說的場面話，可是事後回想起來，我卻發現自己已陷入一個極不願意遇到的窘境。

那位黑衣紳士再度回來，非常恭敬有禮地引領伯爵夫人離開房間。

黑衣紳士的舉止彷彿是要讓我覺得，伯爵夫人的地位極其崇高，可能遠比她的頭銜所帶給我的印象還要高貴。

伯爵夫人對我最後的交代則是，希望除了我方才所臆測的之外，在她回來前，別再嘗試打探有關她的一切。而我作為一位稱職的東道主，應該知道身為客人的她，是基於什麼樣的理由。

『在這裡，我和蜜拉卡每天都處在不安的情緒中，而剛剛，約莫一個小時前，我不經意地脫下面具，恐怕太遲了，你應該已經看到我，所以，我斷然得再找個機會與你談談。如果你真的瞧見我的真面目，我也願意信賴你高尚的品格——會在我回來前的這段期間，緊守這個祕密；不過，我很慶幸你並未瞧見。如果你現在猜到了，或事後想起，我也同樣願意信賴你的人格。我女兒也會奉守保密原則，我相信，你會不時提醒她，以免她無意中洩漏了我們的身分。』伯爵夫人又接著說道。

之後，她又在蜜拉卡耳邊說了一些悄悄話，然後快速吻了她兩下，便偕同黑衣紳士離去，消失在擁擠的人群中。

此時，蜜拉卡開口說道：『隔壁房裡有扇可以眺望大廳門口的窗戶，我想過去見媽最後一眼，向她揮手吻別。』

我們當然同意這個請求，並且陪她到那扇窗旁。我們往窗外望去，門口有一輛精美的舊式馬車、一群信差與僕役。同時，我們也看見黑衣紳士瘦削的身影，拿了一件厚絲絨披風為夫人披上，並幫她戴上帽子。夫人向他點頭，並輕碰了一下他的手回禮。在馬車門關上時，黑衣紳士仍不斷地行禮，然後，馬車便揚長而去。

『她走了！』蜜拉卡嘆了一口氣，哀傷地說道。

『她走了！』我喃喃自語說著，在同意這些安排後，我首度意識到自己的行為有多麼愚蠢。

『她沒有抬頭看我們。』蜜拉卡哀怨地說道。

『伯爵夫人可能已經摘下面具，所以不想露出她的臉吧！』我答道：『而且，她可能不知道妳站在窗戶旁邊送行。』

蜜拉卡又嘆了一口氣，注視著我。望著那張絕美的臉，我不禁心軟，甚至對自己竟一度後悔答應接待她一事而感到抱歉不已，因此，我下定決心要為自己剛剛粗魯的行為好好補償她。

蜜拉卡重新戴上面具後，與柏莎一同遊說我再回到廣場裡，因為音樂會又快開始了。

我們依著她，在城堡窗下的露台上上下下走著。蜜拉卡顯得跟我們非常親密，生動有趣地描述剛剛在露台上遇見的那些大人物的故事，藉以取悅我們，我愈來愈喜歡她，她所說的八卦沒有隱含任何惡意，讓我覺得十分有趣，我想，我可能是與世隔絕太久了吧！不知她會為我們平靜寂寥的生活帶來多少改變。

這場舞會不到太陽從地平線上升起是不會結束的，大公爵跳舞喜歡通宵達旦直到天明，因此，所有的貴族在天亮前都不會離開，更不用說回家休息。

在經過一個擁擠的會客室後，柏莎突然問我：『蜜拉卡呢？』我一直以為蜜拉卡在她身旁，而柏莎則以為蜜拉卡在我身邊。但事實是，我們與蜜拉卡走散了。

不管我如何努力尋找都徒然無功，我擔心蜜拉卡可能一時之間誤將別人當成我們，而前去追趕，結果卻與我們失散在眼前這片寬廣的宴會場地裡。

此刻，我又發現自己犯了一個愚蠢的錯誤：我竟答應照顧一位不知全名的女孩，甚至無法指名道姓地說出，那位失蹤少女就是幾個小時前先行離去的哪位伯爵夫人的千金。

天終於破曉了！我一直到天完全亮才放棄搜尋，到第二天下午兩點鐘左右，終於再度聽到那位失蹤少女的下落。

那天，有位侍從敲柏莎的房門，秉明有一位穿著華麗高貴的年輕女孩著急地詢問，要尋找史畢爾朵夫將軍和他女兒，因為她母親臨走前曾委託將軍照顧她。

儘管侍從的描述有些出入，但描述的絕對是那位年輕訪客，後來蜜拉卡真的出現了，我們差點就失去她！

她向可憐的柏莎說明這麼久未與我們聯繫的原因，是因為走散後，天色已晚，她又遲遲找不到我們，便先行在主人的客房裡休息，而盛大的舞會讓她精疲力竭，所以不知不覺沉睡了好久。

就在那一天，蜜拉卡與我們一同回家，當時我非常開心，至少能有這麼一位迷人美麗的女孩陪伴我的愛女。

但，很快就出現一些問題。首先是蜜拉卡老是抱怨精神不濟——這是她上回生病所遺留的後遺症——還有，她總是拖到傍晚才會離開房間；其次，我們偶然發現，雖然蜜拉卡習慣從內側鎖上房門，除了允許侍女進房為她梳妝外，從不將鑰匙留在門上，但有時她卻會在天濛濛亮或稍晚的其他時刻，也就是在別人以為她還未起床的這段時間，離開房間。從某個天色灰暗的清晨開始，她已經不只一次被人從城堡的窗內發現她走進東邊的林子裡，而且看起來彷彿仍在睡夢中一般。原本，我以為她是夢遊，但這樣的假設依然未能解答某些疑點：她如何能在房門緊鎖的情況下，穿過房門外出？又如何能在不打開門窗的情況下，離開屋子？

就在我心中感到困惑之際，一件令人憂鬱不安的緊急事件發生了。

可憐的柏莎氣色開始變差、健康也每況愈下，所有的事情都顯得如此詭異，甚至是恐怖，我徹底感到驚恐。一開始，柏莎先是不斷作惡夢；以為自己看到幽靈在床腳來回游移，而這幽靈有時長得就像蜜拉卡，有時則是以怪獸的形象出現，但依然模糊難辨，最後才從惡夢中驚醒。

她還提到有一種不會不舒服，卻非常奇怪的感覺，就像有一股冰涼的水流衝擊她的胸口一般。不久，她又感覺喉嚨下方非常疼痛，就像有一對尖銳的針刺進身體裡，幾個晚上之後，隨即又感到有人在勒緊她的脖子，讓她不斷痙攣、抽搐，最後終於完全失去知覺。」

此刻，我們正行駛在一條兩旁盡是綠草的道路上，朝那個已超過半世紀未曾再升起炊煙的傾圮小鎮前進，所以我可以清楚聽見將軍所說的每一句話。

你應該可以想像得到，當我聽見自己的症狀與將軍可憐的愛女如此雷同時，心中有多麼詫異，要不是因為那場悲劇，可憐的柏莎現在應該已經是城堡裡的座上嘉賓。你應該也猜得到，當我聽到將軍描述那些生活習慣和奇特的怪癖時，心中又是作何感想，因為這些行為多麼像我們那位美麗的訪客——卡蜜拉！

森林中豁然出現一片開闊的景致，轉眼間已經來到小鎮廢墟的煙囪和三角牆下，眼前是城堡的塔樓與城垛，周圍盡是高聳入雲的巨大群木，像是從高處睥睨著我們。如惡夢未醒般的我走下了馬車，同行的人全都緘默無聲，我們心中有太多的事情值得思考。很快我們就開始攀登城堡，城堡裡盡是廣敞的房間、螺旋梯與黑暗的迴廊。

「這裡曾經是卡恩斯坦家族富麗堂皇的宅邸。」老將軍的視線望過村落，注視寬廣茫茫一片如波浪起伏的森林，打破沉默道：「這是一個邪惡的家族，他們那沾滿血腥的家族史就寫在這裡。他們實在太過狠毒，竟然死後還繼續荼毒人類，以滿足自己的邪惡慾望，卡恩斯坦家族的禮拜堂，就在下面。」

老將軍指著下坡不遠處，從樹梢隱約可見某哥德式建築的灰牆。

「我聽到樵夫鋸木的聲響，」老將軍補充道：「他現在正在樹林裡忙著，或許他可以提供我們正在尋找的答案，或是告訴我們卡恩斯坦伯爵夫人蜜卡拉的墳墓在何處。這些村人通常都會口耳相傳那些上流家族的傳說，不像那些家族本身，一旦死後，所有的故事就在名利追逐間消失殆盡。」

「我有幅伯爵夫人蜜卡拉的畫像，不知將軍是否有興趣觀看？」父親開口問道。

「現在時間還很充裕。」將軍回答：「我想我應該看過她本人；我之所以比預定的時間要早來訪的原因之一，就是想去探查我們現在正要前往的那間禮拜堂。」

「什麼！您看過蜜卡拉伯爵夫人，」父親突然大聲驚呼：「怎麼可能？她已經去世超過一百年了！」

「有人告訴我，蜜卡拉伯爵夫人並非如你所想的那樣『去世』。」

「將軍，您真把我搞糊塗了！」父親回應道。不過，我看得出來父親注視將軍的眼神中，帶有先前我曾見過的懷疑。但將軍除了偶爾表現出憤怒與嫉惡如仇的態度之外，並沒有任何不正常的地方。

當我們經過那座哥德式教堂的巨大拱門下時——從遺留的建築特徵約略可以看出這是一座拱門——將軍又開口說道：「現在，讓我殘存於世上的唯一理由就是向她復仇，我請求上帝，讓我能徒手完成這項任務。」

「您打算怎麼報仇？」父親倍感詫異地問道。

「我打算斬斷那個怪物的頭。」將軍激動得面紅耳赤，氣憤跺腳的聲音在空蕩的廢墟裡迴盪，緊握的雙手突然舉起，彷彿握住一把斧頭，奮力地朝空中狂揮猛砍。

「什麼？」父親再次驚呼，神情更加地迷惑。

「我要砍掉她的頭。」

「砍掉她的頭！」

「沒錯！我要用斧頭、鐵鍬、任何一種可以劈開那個惡魔喉嚨的器具都行！到時候你就會明白。」將軍氣得全身顫抖，邊加快腳步往前邁進，邊說道：「前面那塊橫木可以充當座椅，令嬡現在十分虛弱，先讓她坐下休息吧！再幾句話，就可以結束這個驚悚的故事。」

禮拜堂前面長滿野草的步道上，有一塊方形的木頭，剛好可以充當座椅，我很樂意在此地歇息。而此刻，將軍開始叫喚方才那名移開古牆上一些大樹枝的樵夫，這位手拿斧頭的精壯老人，立即出現在我們眼前。

這位樵夫告訴我們，現在他無法提供我們任何消息，不過，另一位管理這片森林的老先生，正在離此地約兩英哩遠的神父家中，他應該可以告訴我們卡恩斯坦家族的所有故事。此外還說，如果借他一匹馬，他保證只需半個多小時，就可以接回那位老人。

「你受雇在此地工作很久了嗎？」父親向這位樵夫問道。

「我打從出生就待在這裡，」樵夫以當地的方言回答：「在這片森林中工作，我爸、還有我數得出來的歷代祖先全都是當地人，我還可以指出祖先居住在這個村子裡的哪一戶。」

「為什麼這個村子會變成廢墟？」將軍問道。

「是吸血鬼作祟的緣故，先前有些吸血鬼的墳墓被追查出來，而且查驗過屍體，被人們以一貫的方式消滅，像斬首、釘木樁、火刑[13]等等。不過，在這之前已經犧牲許多無辜的村民。

但是依法採取這些措施之後，有許多墳墓被挖開，於是吸血鬼更變本加厲地殘害村民，村子依然雞犬不寧。恰巧在這時，有位來自摩拉維亞[14]的貴族在附近旅行，聽到這件事，他本身對於處理吸血鬼相當有技巧——他的國家有許多擁有這種本事的人——於是打算為村民除害。他的作法是這樣：那晚，趁著太陽剛下山，就著明亮的月光，他登上這座禮拜堂的塔樓，從塔頂觀察下方的墓園；您不妨也從那扇窗戶看看，從他站立的地方，可以清楚看見吸血鬼從墳墓爬出來，將壽衣折好擺在墳墓旁，然後飄進村子裡荼毒村民。

所有的過程，那位貴族都瞧得一清二楚，於是他趕緊從塔頂下來，拿走吸血鬼的壽衣，再登上塔頂。後來，吸血鬼獵食回來找不到壽衣，卻看到那位摩拉維亞的貴族站在塔頂，於是氣急敗壞對著他淒厲地哭喊；但那位貴族卻故意誘他登上塔頂取回自己的壽衣，吸血鬼中計開始攀爬鐘塔，等吸血鬼爬上塔頂時，那位貴族就拔出佩劍一揮，將吸血鬼的顱骨劈成兩半，用力地將吸血鬼丟到塔下的教堂墳場。再飛快跑下樓梯追殺吸血鬼，將他的頭砍下來。第二天，貴族將吸血鬼的頭顱和屍體交給村民，再由村民將吸血鬼的屍體釘在木樁上焚燒[15]。

此後，那位摩拉維亞貴族就在眾人的同意下，開始清除蜜卡拉伯爵夫人的墳墓，成功地消滅吸血鬼，而那座墳墓也很快就被大家遺忘。」

「你可以告訴我蜜卡拉伯爵夫人的墳墓在哪兒？」將軍急切地問道。

樵夫搖搖頭笑道：「現在恐怕沒有人可以回答。況且，有人說蜜卡拉伯爵夫人的遺體被移動過，可是無人能確定。」

樵夫說完這些話，發現天色已晚，便放下斧頭離開，留下我們繼續聽將軍那個詭異的故事。

「後來，我最鍾愛的柏莎，」將軍再度說道：「病情開始急遽惡化。連來診視的醫生都無法說明她的病情，我那時還認為醫生應該可以說出病情，醫生察覺我的不安後，建議我從格拉茲聘請另一位高明的醫生。幾天後，這位醫生來了，他是一位能幹、虔誠信奉上帝，而且博學的人。兩位醫生會診後，一同到書房討論病情。當時我正在隔壁房裡等待通知，無意中聽見兩位醫生激動地辯論某件超乎病理學的事情，我立刻敲了書房門進入。那位格拉茲來的老醫生仍堅持他的理論，卻被對手斥之為荒謬，並抱以陣陣的訕笑。但發現我進門後，便停止不合宜的笑容及爭論。

『將軍，』原先那位醫生說道：『我這位博學的大哥，認為您需要的不是醫生，而是巫師。』

『真是抱歉，』那位老醫生面露惱怒趕緊說道：『下次我應該以自己的方式說明病情。將軍，很抱歉，我的醫術與知識恐怕幫不上什麼忙。但在離去前，我還是會盡所能地給予誠摯的建議。』

這位老醫生看起來頗善解人意，說罷便坐在書桌旁開始動筆寫字。

我心中甚感失望，但還是向他行禮退出，就在準備轉身離開之際，我看見另一位醫生將手放在老醫生的肩膀上，聳聳肩、意味深長地摸著自己的額頭。

這次的會診對我來說一點進展也沒有。我心煩意亂地走到城堡外的空地上，那位來自格拉茲的醫生約莫十或十五分鐘後追上我，他先是為自己跟蹤我這件事道歉，然後表明若沒有在離去前跟我說上幾句話，良心會過意不去。他認為他的推論絕不會錯，正常的疾病不可能出現這些症狀，而且，柏莎恐怕時日無多，可能只剩一、二天的壽命。如果能馬上擒獲那個奪命怪物，或許悉心照料還有康復的可能，但以目前的情況來看，已經命在旦夕，只要再攻擊一次，連最後的一絲生氣都將消失殆盡，隨時可能命喪黃泉。

『您所指的怪物到底是什麼？』我哀求地問道。

『我將詳情寫在這封信裡，現在鄭重地交到您手上，請去找最近的神父，在他的見證下打開這封信，並且得在神父面前才能閱讀信裡的內容；否則，恐怕您會對內容嗤之以鼻，不過，這是生死攸關的大事！如果連神父都無法幫助您，那就讀這封信吧！』

老醫生在辭行前，問我是否願意接見一位對這方面頗有研究的先生，他認為或許我讀完這封信後，會對這方面特別關注，再三地叮嚀我要儘快邀請這位先生到城堡裡，才告辭離去。

我在神父不在場的情況下，獨自閱讀那封信。如果是在其他的時候、其他的情況下，我或許會對這封信的內容嗤之以鼻。但當所有的治療方法都宣告失敗、而鍾愛的親人又命在旦夕時，不論是何種偏方，都會有姑且一試，不顧一切把握最後一線生機的想法。

或許，你會說，老醫生那封信裡的內容十分荒唐。他的瘋狂怪誕足以讓他被打入精神病院，他說這名患者目前正遭受吸血鬼的攻擊。堅稱病患喉嚨下方的刺痛感，是被兩根細長、尖利的牙齒刺穿所造成，而這正是吸血鬼的特徵。他還提到那個明顯可辨的小印記，足以說明那正是魔鬼引誘人們時所留下的唇印，而病患的每個症狀，都符合其他類似案例所描述的現象。

對於吸血鬼的說法，我一向抱持高度懷疑的態度，那位老醫生的超自然理論我也是半信半疑，就常理來看，這只不過是一則有學養知識的人卻古怪地深信某人的幻想案例。然而，當時我正處於極度的悲傷與無助，便抱著姑且一試的心態，遵照醫生信中的指示採取行動。

我躲在柏莎房內的更衣室裡，在黑暗中就著房裡唯一一盞燭火，看著她迅速入眠。我透過門縫往外窺看，我的劍就放在身旁的桌子上，一如醫生所示，凌晨一點過後，我看到一個巨大的黑色物體，非常模糊，看起來像是在床腳蠕動爬行，接著迅速伸張身體直到碰觸到柏莎的喉嚨，然後，我看到柏莎的咽喉腫起，迅速腫大、而且血肉模糊。

有好一會兒，我被這樣的景象嚇得無法動彈，但還是趕緊回神，拿起劍往前衝，那個黑色怪物立刻又縮成一團、滑過床腳、然後站在離床腳約一碼遠的地板上，以恐怖的眼神惡狠很地盯著我——那個怪物就是，蜜拉卡。我終於明白了一切！立即拔劍刺向她；然而她卻毫髮無傷地站在門口。我嚇壞了，不過還是奮力再次拔劍突擊，可是她卻不見了，只留下我的劍插在門上不斷地抖動。

我實在無法完整地描述那個恐怖的夜晚所發生的經過，屋裡的人全都醒來、不安地騷動著。而蜜拉卡那個妖怪早已消失無蹤。我可憐的柏莎病情急速惡化，破曉前，就不幸喪生！」

老將軍此刻的情緒十分激動，大家也都不發一語。父親走到不遠處，開始讀起墓碑上的碑文，讀畢，又走進教堂側室繼續研究碑文。而將軍則倚在牆上擦拭淚水，重重地嘆氣。這時，我聽到卡蜜拉和達拉芳婷小姐的聲音，我想她們正朝這兒走來，這才讓我鬆了口氣，但她們的聲音卻又漸行漸遠。

在這樣偏僻的地方、聽這樣怪異的故事，主角還是一位身世顯赫的先人，而她的墳塚就埋在這些塵土與長春藤間，故事中的每個情節偏巧又與我自身詭異的遭遇如此吻合、令人害怕；這樣一個鬼影幢幢的地方，無聲的牆上爬滿濃密的藤蔓、讓室內顯得更加陰暗，我開始感到害怕，又想到我的朋友們並不會出現在這種悲傷不幸的地方，我的心更往下沉！

老將軍緊盯著地面，手撐在一座破碎紀念碑的底座上。

就在狹窄、拱形、裝飾著表情憤怒、恐怖的古老哥德式魔鬼雕刻的門廊下，我欣喜地見到卡蜜拉美麗的臉龐，她正要進入這間陰暗的禮拜堂。

正當我準備起身開口說話、向卡蜜拉點頭微笑，以回應她迷人的笑靨時，突然聽到悲切的哭喊，我身旁的老將軍抄起樵夫的斧頭、往前急衝而去。就在卡蜜拉進來之際，將軍迅速轉變，變得十分可怖且殺氣騰騰，卡蜜拉急忙蹲下身後退，避開攻擊。但我還沒來得及尖叫出聲，老將軍又再度以斧頭猛力地劈向她，這次卡蜜拉又蹲下身，毫髮無傷地躲過將軍的拳頭，以小手抓住將軍的手腕，老將軍掙扎好一陣子才掙脫，一攤開手掌，斧頭馬上掉落地面，卡蜜拉也頓時消失。

老將軍狼狽地靠在牆上，他的灰髮衝冠、臉上閃著汗水，彷彿剛在鬼門關前走了一遭。

這可怕的景象迅速落幕，我回神後，第一個看到的是，裴若敦女士站在面前焦急不耐地詢問同樣的問題：「卡蜜拉小姐在哪裡？」好不容易，我才指著卡蜜拉剛才進來的那扇門說道：「我不知道……我說不上來……一、兩分鐘前，她往那兒去了。」

「但卡蜜拉進來之後，我就一直站在通道那裡，她沒有從那個地方出去啊！」

裴若敦女士開始對著每扇門、每條通道、每扇窗大聲叫喚著：「卡蜜拉」，卻都沒有回應。

「她叫卡蜜拉？」將軍激動地問道。

「沒錯，是卡蜜拉。」我答道。

「唉！」將軍嘆道：「她就是蜜拉卡。她與先前叫蜜卡拉的卡恩斯坦伯爵夫人其實都是同一人，可憐的孩子，快離開這個受詛咒的地方吧！快去神父那兒，直到我們過去找妳。快走！希望妳再也不會見到妳所說的卡蜜拉，再也不會在這裡見到她。」

15 磨難與審判

就在將軍說話的當兒，有個長相怪異的男人從卡蜜拉剛剛進出的那扇門走進教堂。這人非常高大、上半身狹窄、肩膀高聳、穿著一身黑衣，黝黑的臉上布滿乾裂的皺紋，還戴著一頂形狀古怪、帽緣寬大的帽子，灰白的長髮披散在肩上，戴著一副金邊眼鏡，步伐奇特蹣跚地走著，偶爾抬頭看著天空、偶爾低頭望著地面，臉上還掛著古怪的笑容，一雙瘦長的手臂搖擺著、嶙峋的手上戴著明顯過於寬大的黑色舊手套，揮舞著手勢好像在表達些什麼。

「就是您嗎？」將軍興奮地大聲喊道：「我親愛的男爵，真高興見到您！原本還沒想到可以這麼快見面。」然後將軍對著剛回來的父親比個手勢，帶著那位他喚男爵的怪異老紳士與父親見面，將軍正式介紹他後，三人很快就熱絡地交談。那個陌生人從口袋裡抽出一卷紙，攤在身旁某個廢棄的墳塚上，手裡拿著一個鉛筆盒，在紙上來回比劃，還不時從紙上探起頭來看這棟建築的某些地方。我猜想，那張紙上應該是畫著這棟教堂的平面圖。然後這位陌生男爵便開始講述，偶爾摘錄一本髒汙小本子上的某段話，泛黃

的紙上寫滿密密麻麻的文字。

之後，他們走到我站立處反側的邊廊，邊走邊討論，接著開始計算步伐以測量距離，最後，對著一面牆，開始鉅細靡遺地檢視牆面，他們撥開牆上攀爬的長春藤、以手杖敲擊牆壁上的灰泥，這兒拍拍、那兒敲敲。最後，終於找到一塊上頭刻有文字的大理石匾額。

在那位迅速返回的樵夫協助下，他們找到一塊墓碑及一面雕花盾牌。證實那就是失蹤已久的伯爵夫人蜜卡拉的墓碑。

雖然我不認為老將軍現在有祈禱的心情，卻瞧見他高舉雙手、抬眼望天，似乎默禱著感謝上蒼的話語。

「明天，執行者就會來這裡，他們將依法執行審判。男爵，我要怎麼感謝您？我們要如何感謝您？您拯救這個被惡魔肆虐殘害的村子，讓居民得以安享百年的和平寧靜。感謝上帝，我們終於找到那個可怕的惡魔。」將軍轉向那位戴金邊眼鏡的老紳士，雙手緊握著老紳士的手說道。

父親將男爵帶到一旁，老將軍也緊隨在後。我知道父親是要將他們帶到我們聽不見的地方，可能會提及我的病況，因為我看到他們迅速瞟了我一眼，再繼續談話。

「現在我們該回去了，但回家前，我們得邀請住在這兒不遠處的神父一同前往，我們得請求他陪我們回城堡一趟。」父親走到我身旁不斷親吻我，將我帶出教堂說道。

這次的探索算是圓滿成功，雖然到家時我疲倦得無法言喻，卻依然十分開心。可是，我的喜悅很快就消失、而且開始難過，因為卡蜜拉依然毫無消息。沒有人向我解釋教堂發生的那一幕，很顯然父親決定暫時保密。

卡蜜拉的失蹤讓我對教堂那件事感到恐懼。而當晚父親的安排也頗啟人疑竇，我房裡有兩位僕人和裴若敦女士陪我；而神父與父親則在隔鄰的更衣室裡看守。

那晚，神父舉行某些正式的儀式，我想，這些是要在我入眠時守護我的安全而採取的特殊措施，除此之外，我想不出其他用意。

但幾天後我明白了，卡蜜拉的失蹤，結束我連日來的惡夢。

當然，你一定曾聽過流傳在史泰馬克邦、摩拉維亞、西里西亞[16]、土耳其塞爾維亞[17]、波蘭、甚至俄羅斯的恐怖傳說，而這些傳說和迷信幾乎都與吸血鬼有關。

如果有關吸血鬼的證詞，全都透過委員會以極小心謹慎的態度、公正公開地蒐集而來，而委員會中的眾多成員又全是正直、睿智之士，那所集結成的這份龐大且極具價值的報告，就讓人很難否認、甚至懷疑吸血鬼存在的可能性。除了古老而廣為流傳的信仰之外，我尚未聽聞有其他說法，可以圓滿解釋我目睹並親身經歷的這些現象。

隔天，父親他們在卡恩斯坦家族的禮拜堂內進行相當正式的儀式。蜜卡拉伯爵夫人的墳墓被撬開，將軍與父親一見到墓穴內露出的那張臉，立刻就認出她正是我們那位美麗卻忘恩負義的訪客，雖然已經死亡一百五十年，但她的五官與面容依然呈現宛若在世時的紅潤光采，她雙眼圓睜，棺木內未散發一絲一毫的惡臭。在場有兩位醫界人士，一位是官方代表、另一位則是調查單位的代表，他們共同證實一件令人咋舌的事實：蜜卡拉伯爵夫人的屍體仍有微弱可辨的呼吸，甚至還有心跳。

此外，她的四肢依舊柔軟靈活，肌膚也仍有彈性，而那口鉛製的棺木內則淌滿鮮血，蜜卡拉伯爵夫人的屍體就浸在深達七英吋的鮮血中。至此，我們充分證實吸血鬼存在的跡象與證據。蜜卡拉伯爵夫人的屍體也必須遵照古法處理：首先將屍體抬起，以削尖的木樁刺穿心臟，就在木樁刺入之際，屍體竟發出一陣淒厲的慘叫，就像某個活人因劇烈疼痛而發出的痛苦哭喊。隨後，他們砍掉伯爵夫人的頭顱，鮮血從被割斷的頸項中，如洪水般狂洩而下。她的屍體與頭顱被堆放在柴薪上，燒成灰燼；最後，人們將骨灰灑入河裡，終於消失無蹤。自此，此地再也沒有吸血鬼肆虐的現象。

父親手上留有一份皇家委員會的報告書，上面有參加這項儀式所有人員的簽署，並附有聲明證書。關於方才所描述的驚人景象，都是取擷自該份報告。

16 尾聲

或許你會以為現在的我，是在極為冷靜的狀態下重述當時的經過，其實不然，每當憶起這件往事時，內心仍免不了震盪與激動。要不是在許多人的殷切期盼下，希望重述這件往事，我想，我一定無法冷靜坐下，談起這件可能會再度令我久久無法平復的過往；即使我已從那段恐怖、寂寞無助、以及無法忍受的恐懼日子裡死裡逃生，但那難以言喻的恐怖陰影，仍時時籠罩著我。

現在談談那位古怪詭異的佛登・伯格男爵，全賴他對吸血鬼的了解，我們才得以發現蜜卡拉伯爵夫人的墓穴：

佛登・伯格男爵來自格拉茲，仰賴史泰馬克邦祖產的微薄津貼過活，他本身則致力於調查吸血鬼傳言的真實性，並曾深入研究許多關於吸血鬼的著作，但在他借給父親的眾多書籍中，我只記得寥寥數本。此外，他還大量涉獵所有相關的法律裁決案例，並從中歸納一套適用於說明吸血鬼現象的法則系統，但其中也有少數案例與吸血鬼無關。順道一提的是，人們總以為吸血鬼必定面容慘白枯槁，但這不過是駭人聽聞的傳言罷了。

事實上，不論是出現在棺木裡或人群裡的吸血鬼，全都呈現健康的體態。撬開棺木時，吸血鬼的外貌正如同我們見到的蜜卡拉伯爵夫人一樣栩栩如生，這點也證明吸血鬼長生不老的傳說。

但是，吸血鬼如何在每天固定的時段進出棺木，從棺木或壽衣的外觀卻完全看不出被破壞的痕跡，這是永遠無法解釋的謎題。吸血鬼經由每天回到棺木中沉睡，以取得長生不老的能量，而他們對於活人鮮血的可怕慾望則供養他們甦醒時所需的精力。吸血鬼對於某些人會產生一種特別、熾烈、近似於愛情的情感；為了追求這些對象，吸血鬼會全力展現源源不絕的耐心，詭計多端地應付接近特定目標時，可能遭遇的重重阻礙，在滿足私欲前，絕不會半途而廢，一定要吸盡被害人最後一絲生氣才會罷休。在某些特定案例中，他們會刻意延長這段吸血奪命的過程，享受其中的歡愉，就像一個講究美食的老饕，甚至會花招百出地向被害人求愛。從這樣的案例來看，吸血鬼像是在乞求被害人的憐憫與同情，但大部分的情況是，吸血鬼直接攻擊目標，以暴力脅迫對方就範，且往往立即勒死被害人並吸乾其鮮血。

由此可見，吸血鬼的攻擊模式也因人而異，從方才講述的故事看來，「蜜卡拉」這個獨特的例子仍是沿用相同的名字，就算不是真名，但至少一字未增、一字未減，重新改造、排列組合而成：比方說將「卡蜜拉」與「蜜拉卡」兩者互換。

父親曾問佛登・伯格男爵（在消滅蜜卡拉後，他繼續留在此地已經二至三個星期）是否曾聽聞，那位摩拉維亞貴族與卡恩斯坦墓園吸血鬼搏鬥的故事；並問他如何能正確指出埋藏已久的蜜卡拉伯爵夫人墳墓所在地？男爵聞言後，古怪的臉上皺起一抹謎樣的笑容；他雙眼朝下望著那破損的眼鏡盒，漫不經心地觸摸它，然後抬起頭說道：

「我手上有那位了不起的紳士所寫的日誌和其他文件，其中最引人好奇之處，正是您剛剛所提及的——他造訪卡恩斯坦堡的那段經歷。當然，傳說與事實總會有些許差距，或許他被人稱為摩拉維亞貴族是因為曾搬遷到該處，住在某位貴族附近。事實上，他是居住在史泰馬克邦的本地人。年輕時，他曾愛慕美麗的卡恩斯坦伯爵夫人蜜卡拉，而她的早逝留給他難以平復的傷痛。根據一部明文所載的《妖鬼誌》描述，吸血鬼的天性就是要增殖繁衍自己的族類。

假設，某個地方原本沒有吸血鬼，那這一切災難是如何開始？吸血鬼又如何擴充自己的數量？現在就讓我來告訴你吧！那是因為有某個邪惡的人結束自己的生命，也就是

在某種情況下自殺，死後就會變成吸血鬼。而這妖魔會趁人類熟睡時，進行吸血攻擊，遭受攻擊的人死亡後，幾乎都會在墓穴裡變成吸血鬼，這也是美麗的蜜卡拉之所以成為吸血鬼的原因，當時她也被那些魔鬼所擾，而我的祖先很快就發現到這種情況，便親自投入吸血鬼的研究，並從中學習許多關於這方面的知識。

此外，他想到人們遲早會懷疑他所崇拜的伯爵夫人，死後也將成為吸血鬼；他也想到蜜卡拉成為吸血鬼後，她的遺體勢必會在人們進行處決儀式時遭到褻瀆，在他遺留的一份詭

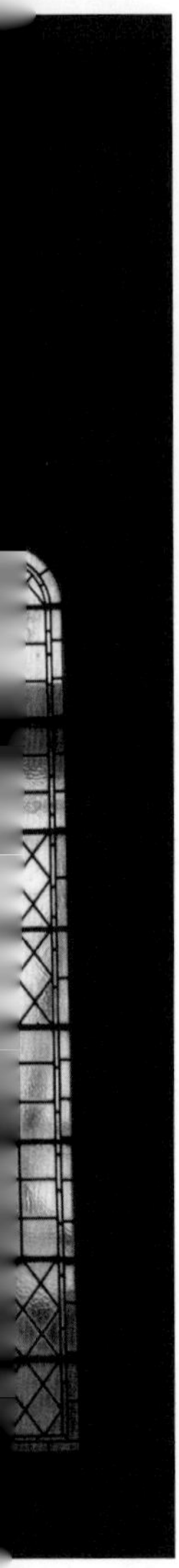

異文件中曾提到：吸血鬼被處決後，其下場將會無比淒慘恐怖，因此他下定決心要拯救心愛的蜜卡拉免受此罪。

於是，他構思一個計謀並回到此地，假裝處理蜜卡拉的遺體，並徹底銷毀她的墓碑。但當他年歲漸增、回顧當年留下的禍根時，終於意識到自己當年犯下的錯誤，恐懼占據他的心底。因此，他製作了一份引領我至此地的地圖與筆記，上頭清楚標示蜜卡拉墓穴的所在地，同時還研擬一份告白書坦承當年設下的詭計。就算他還想對這件事採取任何補救措施，也因過世而無法完成；於是便由我這位遠房後裔來找尋那個撒謊成性的妖魔，只是對許多人來說，恐怕為時已晚。」

之後，父親又與男爵談了一會兒，他又提到：「吸血鬼的特徵之一就是手腕的力量。當將軍舉起斧頭準備攻擊蜜卡拉時，她那纖細的手就像一把鐵鉗緊緊鉗住將軍的手腕。但她的力量並不僅止於攫住，在她抓過的部位還會留下一種麻木感，就算這種麻木感能夠恢復，也十分緩慢。」

第二年春天，父親帶我遠赴義大利度假。儘管離家遠行長達一年，卻依然不足以讓我們忘卻那段恐怖的過往；卡蜜拉模糊的影像仍以不同的姿態交替出現——有時是愉

快、慵懶、美麗的女孩；有時則是我在教堂廢墟中見到的那個扭曲痛苦的惡魔；每當我沉入夢境時，總以為自己聽見卡蜜拉的腳步聲，迴盪在客廳的門廊。

1 一五六零——一六一四，伯爵夫人，來自匈牙利名門巴托里家族。巴托里夫人相信少女的鮮血有助於保持青春美貌，遂殺害六百五十名以上的少女，飲其鮮血並進行血浴，故被世人稱為「血腥伯爵夫人」、「女德古拉伯爵」。巴托里夫人晚年遭判終身監禁，在塔樓裡終老至死。

2 屬於奧地利的一個聯邦邦，位於匈牙利邊界。

3 現代投影機的前身。十七世紀時，由德國的阿塔納斯・科雪神父所發明，以煤油燈箱結合玻璃畫片，在暗室中投射影像，製造奇幻的光影效果。

4 寶龍・瑞生巴賀，一七八八至一八六九年，認為自然界透過磁場、催眠、化學反應及相關事物顯示能量，體質敏感的人可察覺到。

5 出自《威尼斯商人》一書。

6 歐洲、拉丁美洲使用的長度單位，相當於四點八公里。

7 拉芬努《玫瑰與鑰匙》，一八七一年出版，書中第八十七章描述某個陰鬱的客廳牆上懸掛了同樣的圖畫。

8 喬治・路易斯・拉得・布豐，一七〇七至一七八八年，法國自然學家，曾研究出一套劃分動物種類的系統。

9 西方神話裡的生物，鷹頭馬身有翅。

10 奧地利第二大城市，位於阿爾卑斯山南麓，史泰馬克邦政府所在地，為中歐重鎮。

11 多年生耐寒開花植物。在浸軟、研磨、脫水後，放入方便食用的包裝中，如膠囊，即可發揮鎮靜和抗焦慮作用。

12 又稱「鹿角酒」，是一種由碳酸銨和香料配置而成的藥品，使人嗅聞可喚醒昏迷或減輕頭痛。

13 檢查毛髮與指甲是否繼續生長，及屍體是否開始腐爛等，乃驗證死後是否為吸血鬼的方式。消滅吸血鬼的方式有砍掉吸血鬼的頭顱，並將木樁釘入心臟，然後焚燒遺體，將骨灰遍灑四處。參閱保羅·巴伯《吸血鬼、墓地與死亡傳說與事實》，一九八八年，康乃迪克州新港，耶魯大學出版社。

14 捷克東部一地區，得名於起源於該地的摩拉瓦河。

15 拉芬努採用「亡靈說」及奧古斯丁・卡墨著《匈牙利與摩拉維亞的吸血鬼或亡魂》等書中某些村民的說法。拉芬努可能讀過卡墨著《幽靈世界》或理查班特力著《靈魂、亡靈的哲學》二書。

16 中歐的一個歷史地域名稱。目前該地域的絕大部分屬於波蘭西南部，小部分則屬於捷克和德國。

17 位在巴爾幹地區，乃現今塞爾維亞共和國的前身。在土耳其人統治此地數世紀後，由領導人米洛斯・奧布雷諾維奇解放該地。

黃色壁紙

The Yellow Wallpaper

夏綠蒂・柏金斯・吉爾曼
Charlotte Perkins Gilman

1860 — 1935 年

夏綠蒂・柏金斯・吉爾曼，一生著作頗豐，可惜死後作品隨之沉寂多時，直至六、七〇年代，女性主義者才重新將其作品挖掘出土，獲得世人重視，著有《她鄉》。

一八九二年出版〈黃色壁紙〉，這篇自傳式小說，幾乎是吉爾曼自身的寫照，她生下女兒之後，罹患產後憂鬱症，而故事中的女主角也是因為重度憂鬱而發瘋，與吉爾曼的經歷不謀而合。

時至今日，仍有許多評論家不斷提及這部十九世紀出版的短篇小說，〈黃色壁紙〉儼然成為女性主義的代表作，也被認定為吉爾曼畢生最出色的作品。因首創女性書寫先例，吉爾曼也被視為女性主義的鼻祖。

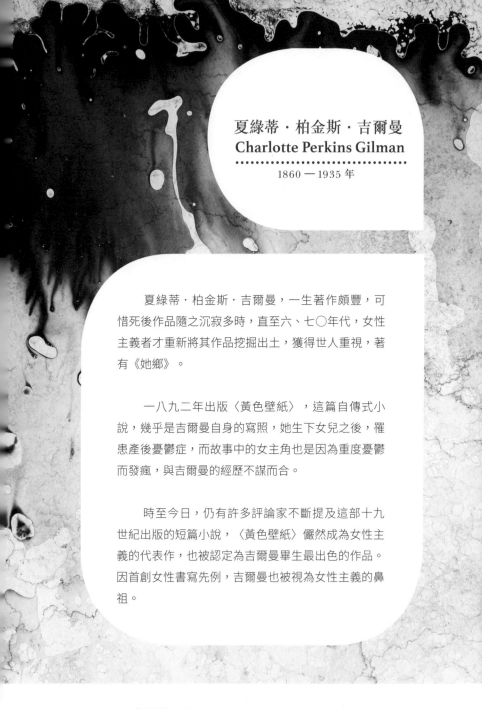

像我和約翰這樣的尋常百姓，竟能在這樣的祖傳別墅裡避暑，可說是相當難得的事。

我會說這幢殖民時期的祖傳別墅是棟鬼屋，因為它實在是太過浪漫美好，超越了我們應享的福分，使我們為此付出代價。

我要自豪地告訴你這棟別墅的不尋常處。

還有房租怎麼會如此便宜？又為何這麼久都乏人問津？

約翰當然會笑我想太多，早知道他會這麼說。

約翰是非常實際的人，對信仰沒有耐性，對迷信極度恐懼戒慎，公然嘲笑那些摸不著、看不見，以及無法以數字計算的事物。

約翰是個內科醫生，也許——（當然我不會將這件事情告訴任何一個「活人」，只會說給無生命的壁紙聽，我的心情也因此大為輕鬆）——也許這就是我的病老醫不好的原因。

你瞧，他根本不相信我病了！我還能有什麼辦法？

如果一位聲望崇高的內科醫生，又是妳的丈夫，到處向親朋好友保證妳真的沒有病，只是暫時的精神憂鬱——稍有一點歇斯底里的傾向——妳還能怎麼辦呢？

家兄也是聲望崇高的內科醫生，也說同樣的話。

所以，我得服用磷酸鹽或亞磷酸鹽——反正就是其中一種——還得服用補藥、呼吸新鮮空氣、多運動、外出旅行等，同時在康復前絕對嚴禁「工作」。

就我自己而言，我不同意他們的說法。

我相信適當的工作，加上刺激與變化對我有益。

但有什麼辦法呢？

有一陣子我不管他們，自顧自地寫作，弄得精疲力竭——因為我得偷偷摸摸的，否則就會遭到強力反對。

偶爾我會想：如果少了這些反對，多一些社交活動和刺激，又會如何呢？——但約翰說，最壞的就是像這樣東想西想，我承認，這樣只會讓我的情緒更加惡劣。

所以，就拋開我的情況不談，來談談這棟房子吧！

這真是最美麗的地方！相當僻靜，遠離馬路，離村子大約三英哩遠的路程，讓我憶起書裡讀到的英格蘭鄉村，有樹籬、圍牆、深鎖的大門，以及專供園丁與僕人居住的小屋。

還有一座充滿「魅力」的花園！我從未見過這樣的花園——寬廣、濃蔭遮天，到處都有林蔭夾道的小徑、攀滿葡萄藤的幽長棚架，棚下還有座椅可以歇腳。

這裡也有溫室，只是早已年久失修。

我相信還有尚未解決的法律糾紛，可能是直系與旁系繼承間的問題，不管什麼原因，都讓這棟房子荒廢好多年。

這恐怕會破壞我幽冥的遐思，但我不在乎——因為這棟房子有些詭異——我可以感覺得到。

在某個月夜，我對約翰提起我的感覺，但他說那只不過是風太強的關係，就逕自將窗戶關上。

有時候，我會對約翰產生莫名的憤怒。我肯定我從前不是那麼敏感的，我想是因為精神緊張所引起的！

可是約翰卻說，若我出現這樣的感覺，就表示我沒有適當地自我節制，所以我就拚命控制自己——至少在約翰面前是如此，但這讓我好疲憊。

我一點也不喜歡我們的主臥室，我想要樓下那間面對中庭、窗旁種滿玫瑰花的臥房，房裡還掛滿美麗古典的印花布幔。但約翰聽都不想聽。

他說，那間房只有一扇窗，又太小不夠放兩張床，如果需要，隔壁也沒有他可用的房間。

約翰非常謹慎、體貼，沒有特別的事，不會輕易打擾我。

我有一份服藥的時間表，每天、每小時都安排得十分妥當，約翰對我的照顧可說是無微不至，若我還不知珍惜，就太不識好歹了。

約翰說他到這裡來全是為了我，因為在這裡，我才能獲得充分的休息、呼吸新鮮的空氣。

「親愛的，妳的運動量得靠妳的體力，食量得靠妳的胃口，但空氣妳可以盡情地呼吸。」約翰體貼地說道。

所以我們選擇頂樓的育嬰房作為主臥室。

這間臥房十分寬敞、通風，幾乎占了整層樓，可以眺望四方的窗戶，採光充足、通風良好。我猜原是一間育嬰房，後來改成遊戲間與健身房，我會這麼斷定，是因為窗戶全為小孩加上了護欄，牆上還有吊環之類的雜物。

但油漆與壁紙看起來像是男校專用的樣子。在床頭四周，約在我伸手可及的地方，壁紙全被撕破了——一大塊一大塊的，對牆下方也被撕下一大片。我一輩子還沒見過比這更糟的壁紙。尤其是其中某個不規則、像火焰般的圖案，幾乎觸犯了所有的美學大忌。

當眼睛順著看時，它無聊到令人發慌，卻又突兀地叫人惱怒，讓人不禁想多加研究它。當你順著跛行飄搖的曲線望去，它竟愕然自殺——縱身跳入詭異的角度裡，在前所未聞的矛盾裡毀滅自己。

壁紙的顏色令人退避三舍，幾乎令我作嘔。一種暗沉、骯髒的黃，因緩慢流轉的陽光褪成奇怪的顏色。有些地方是沉鬱慘淡的的橘色，有些卻呈現噁心的硫磺色。

難怪孩子們討厭這房間！如果我得久居在此，一定也會厭惡不已。

約翰來了，我得趕快將這些東西收起來——他最討厭我寫東寫西。

我們來這裡已經兩個星期了，從第一天起，我都沒有寫作的興致。現在我坐在窗旁，在這間可怕的育嬰房裡。除了缺乏力氣，沒有什麼可以阻止我寫作，愛寫多少就寫多少。

約翰整天外出，有時候遇到情況危急的病患，甚至徹夜不歸。

我很慶幸自己的病算不上危急。

但這些精神的毛病真叫人沮喪得要命。

約翰不明白我到底承受多少痛苦，只知道我沒有痛苦的理由，這樣他就滿意了。

當然，這都只是神經緊張而已，但我已無法善盡妻子的責任。

我一心想成為約翰的支柱、溫暖的避風港，但現在的我不過是一個累贅！

沒有人會相信連微不足道的小事——像穿衣、招呼客人、列購物清單等，我都得費好大的力氣才能辦到。

幸虧瑪麗將小孩照顧得無微不至。我那可愛的孩子！

可是我就是沒辦法多陪陪寶寶，因為他會令我緊張、手足無措。

我猜約翰這輩子從沒神經緊張過。他不斷嘲笑我對那醜陋壁紙的不安。

原先，他的確打算重新換貼房間裡的壁紙，後來卻說我這樣簡直就是被幻想牽著走！沒有什麼比任由精神病患胡思亂想更糟糕的了。

又說，一旦換壁紙，再來可能得換笨重的床架，然後更換裝有護欄的窗戶、再來換樓梯頂端的門，接著就沒完沒了。

「妳應該知道住在這裡對妳有益，但親愛的，我真的不想整修只租三個月的房子。」約翰無奈地說。

「那麼我們就搬到樓下吧！那裡的房間好漂亮。」我撒嬌地說。

約翰將我抱在懷裡，親暱地喚我幸福的小鵝，還說如果我想要，他可以搬到地窖去，叫人好好粉刷一番。

不過，關於床、窗戶和其他的事，約翰都沒說錯。

其實這間房通風良好、又舒適，是任何人都喜歡的樣式，我當然不會笨得因為一時

的念頭，就讓約翰不開心。

除了可怕的壁紙之外，我漸漸開始喜歡這個大房間。

從其中的一扇窗，我可以看見花園——那些神祕陰鬱的花棚、恣意綻放的老花叢與瘤結糾曲的老樹。

從另一扇窗可以眺望美麗的海灘和屬於這棟別墅的私人小碼頭。屋旁有條美麗的林蔭小徑延伸到那裡。我常幻想有人在那些數不清的小徑與棚架間漫步、穿梭，但約翰警告我別老是胡思亂想。

他說，以我豐富的想像力與愛說故事的習慣，加上神經質的毛病，一定會激發各種刺激的幻想，我應該善用意志與判斷來防堵這種傾向，所以我也努力一試。

我想有時候若健康狀況好些，能夠寫點東西，應該可以釋放壓力，讓我得到休息。但嘗試的結果只有讓我疲憊不堪。

我做的事得不到任何人的建議與支持，實在令人氣餒。約翰說等我身體好轉，他會邀請亨利表哥和茱莉雅表姊過來長住。但現在若讓我招待那些愛熱鬧的客人，就像在枕頭套裡放煙火一樣危險。

真希望我能快點好起來。

但我不能想那些事情。這片壁紙看著我，好像知道它對我的影響力有多可怕。

壁紙上有處反覆出現的汙漬，那圖案看起來就像斷了脖子、一雙爆出的眼球倒吊地瞪著你。

它的無禮與陰魂不散簡直快讓我氣炸。上下左右、四面八方全爬滿它們的蹤影，到處都是荒謬執拗的眼珠子。牆上有一處壁紙寬度不合，那些眼珠就高高低低、上上下下沿著接縫線遊走。

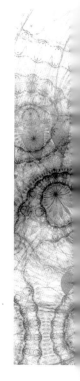

我從沒在無生命的物體上見過這麼多表情，天知道它們能有多少表情！我在孩提時代，常睜著眼睛躺在床上，盯著白牆壁與單調的家具幻想，得到的樂趣與恐懼遠比大多數小孩在玩具店找到得多。

我還記得老衣櫃的圓形門把眨著和善的眼睛，還有那張像一位壯碩朋友的椅子。以前我總認為，如果其他東西看起來太凶猛，我只要跳上那張椅子，就能安全無虞。

這間房裡的家具最糟的就是不協調，因為全是樓下搬上來的。我想，當初改為遊戲間時，不得不將育嬰用品移走。也難怪！這是我見過被小孩蹂躪得最嚴重的地方！

我先前提到壁紙有多處被撕破，但它們還是像手足相連般緊密地黏在牆上——它們的殺力就如同恨意一般頑強！

地板也是刮痕累累，到處坑坑洞洞、龜裂翻掀，連灰泥都被挖得東一塊西一塊，而房裡這張笨重的大床，像是經歷了幾代戰爭的倖存者。

但我一點都不在意——只在意那個壁紙……

約翰的妹妹來了，她是個可愛的女孩，非常留意我的一舉一動！絕不能讓她發現我在寫作。

她是完美、熱忱的管家，沒有比這個更適合她的工作了！我相信，她一定會認為寫作是讓我生病的主因！

我可以趁她離開時寫作，從這些窗戶遠遠就能瞧見她的身影。

其中一扇正對著可愛蜿蜒、林蔭夾道的小徑，另一扇可以俯瞰這片美麗的鄉村景致，到處都是高大的榆樹和如茵的綠地。

這片壁紙還隱藏另一層不同色調的底圖，特別惹人嫌惡，你只能在特定的光線下才看得到，而且還看不清楚。

但在沒有褪色、陽光剛好照到的地方——可以看見一個怪異、惱人、形狀模糊的物體，像是躲在庸俗刺眼的表層圖案後面，鬼祟地遊蕩。

約翰的妹妹上樓來了！

七月四日國慶日結束了！人群全走了，我也累壞了！約翰認為有人作伴，對我可能有益，便邀請媽媽、妮莉和孩子們來住一個星期。

當然，我什麼事也不用做。現在所有的事全由珍妮照料。

但我依然疲憊不堪。

約翰說我再不快點好起來，今年秋天，就要將我送到威爾・米契那裡。

我一點都不想去那裡。我有個朋友曾接受他的治療，她說威爾就像約翰和家兄一樣，甚至是有過之而無不及。

況且去那麼遠對我來說也是一種負擔。

我不認為另謀名醫有什麼幫助，我變得愈發焦躁不安、易怒嘮叨。

常常沒來由地哭泣。

當然，約翰或其他人在場時，我不會哭，只有獨處時才會如此。

我現在經常獨處。約翰時常因一些重症患者滯留在城裡，而珍妮人很好，只要我一要求，就會讓我獨處。

所以我就在花園裡散步，或走下可愛的小徑，坐在玫瑰花下的迴廊，常常在上面的房間裡躺著。

除了壁紙外，我漸漸真心喜歡這間臥房了。或許正是因為這壁紙的緣故。

它在我心裡盤旋不去！

我躺在這張無法移動的大床上——我相信床是釘死的——用視線終日追逐著壁紙上的圖案，我向你保證，就像做體操一樣好玩。我從底部開始，一路移到沒有人碰過的角落，我下了一千次的決心，一定要參透這看似沒有意義的圖案，得出某種結論。

我對設計原理略有涉獵，我知道這玩意兒不是依照放射、穿插、重複、對稱或任何我聽過的設計法則來呈現。

當然每個寬度都是重複的，不過這沒有其他的意義。

從某個角度來看，每張壁紙自成一格；腫脹的曲線與花藻——一種令人眼花撩亂、扭曲的「粗俗羅馬風格」——上上下下在孤單愚蠢的條幅裡蹣跚爬行。

但從另一個角度來看，它們對角相連，扭曲的線條像令人恐懼的斜浪往外奔騰，又像一大群翻滾的海草競相追逐。

整團東西也往水平方向橫行，至少看起來如此。為了分辨它遊走的方向，我將自己弄得筋疲力盡。

前任住戶還以橫條幅貼在壁紙邊緣，更巧妙地加深了混亂效果。

房間另一端的壁紙幾乎完好，當光線交叉隱沒、斜陽直射時，我幾乎可以想像出那放射的形狀——綿延怪異的圖案像圍繞共同的中心點，個個心神渙散迫不及待地一頭栽入。

視線隨著這些曲線行走，令我頗為疲倦，我想，我應該小睡一下。

我不知道自己為什麼寫下這些。

我不想知道。

也無力知道。

我知道約翰會認為很荒唐。但我必須以某種方式說出感覺與想法——這真是一大解脫。

但寫完後的疲憊，卻遠甚於所獲得的解脫。

泰半的時間我都懶洋洋的，經常躺著。約翰說我不能失去體力，要我服用鱈魚肝油和許多補品，千萬不能喝麥酒、葡萄酒，或吃半生不熟的肉。

親愛的約翰！他非常疼愛我，不願我生病。前幾天，我試著與他講理懇談一番，告訴他我希望他能讓我去拜訪亨利表哥與茱莉雅表姊。

但他說我不能出遠門，就算到那兒身體也會支撐不住；而且我也沒好好表現，因為話還未說完，我就哭了。

連要集中思考也漸漸變得很吃力，我想都是因為神經衰弱的毛病。

親愛的約翰將我擁在懷裡，抱我上樓，讓我躺在床上，坐在床邊唸書給我聽，直到我昏昏欲睡。

約翰說我是他最心愛的人、他的慰藉、他的一切，我一定得為他照顧好自己，保持健康。

他說除了我自己，沒有人可以幫我脫離苦境，我得運用意志與自制力，不要讓愚蠢的念頭帶著自己失控。

令人欣慰的是——寶寶健康快樂，不需要住在這間貼滿可怕壁紙的育嬰室裡。

如果我們不住這間臥室，那天賜的寶貝就得住進來！幸虧他躲過了。無論如何我都不會讓自己的孩子、容易受影響的小寶貝，住在這樣的房間裡。

先前我並未想到這點，還好約翰將我安置在這裡。你瞧，我比小孩更能忍受。

當然我再也不會對他們提起這間臥房——我太聰明——但我還是得隨時保持警戒。

壁紙裡有些東西，除了我，沒人能懂，恐怕永遠也不會懂。

在表層圖案後面，模糊的形狀一天比一天更清楚。

它一直是相同的形狀，只是數量愈來愈多。

像一個彎腰的女人，在圖案後面匍匐爬行。我一點都不喜歡。我希望——我開始希望——約翰能帶我離開這裡！

我很難和約翰討論我的病情，因為他那麼聰明，又那麼愛我！

但我昨晚又試了一次。

昨晚月光皎潔，宛如陽光般從四面八方照進來。

有時候我很討厭月光，它總是慢慢地從某扇窗戶偷溜進來。

約翰睡著了，我不想吵醒他，所以安靜不動地望著月光灑落在波動的壁紙上，直到我感到一陣毛骨悚然。

後面隱約的形影似乎搖晃著圖案，就像它想從中脫逃一般。

我小心翼翼地下床，走過去觸摸，看看壁紙是否真的在搖動，等我回到床上，約翰已經醒了。

「小女孩，怎麼了？」約翰問我：「別這樣走來走去——妳會感冒的。」

我想這是說話的好時機，所以告訴他我住在這裡一點進展也沒有，希望他能帶我離開。

「噯，親愛的！我們的租約還有三週才到期，在這之前要怎麼離開呢？」約翰嘆口氣說道：「家裡的整修還沒完成，我也無法現在就離開城裡。當然，如果妳有危險，我可以、也願意帶妳離開。親愛的，不管妳是否感覺得出來，但妳的情況真的好多了。寶貝，我是個醫生，我知道的。妳的氣色好轉、人也長胖了、胃口也不錯，我對妳著實放心不少。」

「我的體重一點也沒增加，甚至比以前輕；晚上你在家裡，我的胃口才比較好，但早上你不在時，我的胃口更糟。」我難過地說。

「上帝保佑她！」約翰用力抱了我一下，「就如她所願吧！但現在讓我們趁著皎潔的月光趕快入眠，明早再談吧！」

「那你是不打算搬家囉？」我憂鬱地問。

「唉，親愛的，我怎麼搬呢？只剩三週，我們就要一同外出旅行，趁這段時間讓珍妮將房子整頓好。真的，妳的病已經好多了。」

「身體上或許好些了……」我一開口又馬上閉嘴，因為約翰坐直身子，嚴厲的目光盯著我，滿臉的責難讓我不敢再多說一句。

「親愛的，拜託妳，為了我，為了孩子，也為了妳自己，千萬不要再有這種念頭了！依妳的性情，沒有比這更危險、更聳動的了，這些都是虛幻愚蠢的幻想，難道妳不能相信我這個醫生所說的話？」約翰責備道。

所以我閉嘴不再說話，過不久我們就睡了。他以為我先睡著了，但是我沒有，我躺在床上幾個鐘頭，想確定表層的圖案與底層的圖案到底是一起移動還是分別移動。

這樣的圖案在日光下，缺乏一種秩序，違反規律，不停地刺激著正常的心靈。顏色醜陋至極、令人惱怒、完全無法接受，那圖案簡直折磨人。

當你以為已經掌握它的脈絡，能讓視線順利沿著圖案行走時，它就來個大翻轉，一切又回到原點。好像被打了一記耳光，將你推倒，任它踐踏，就像一場惡夢。表層圖案是華麗的藤蔓花紋，讓人想起某種蕈菌。你可以想像一叢叢的毒蕈，無止盡蔓延的毒蕈，糾纏盤旋不斷地抽芽綻放——嗯，就是那種情景。

有時候就是這樣！

這壁紙有個特別怪異的地方，除了我好像沒有人發現，那就是它會隨著不同光線產生變化。

陽光從東面的窗戶照射進來的時候——我總是盯著第一道長長垂直照進來的光線——它的變化如此之快，令我無法置信。

所以我老是盯著它。

月光下——只要月亮露臉，整夜都會有月光照進來——這時我不敢相信我所看到的東西，竟然和白天在日照下見到的是同樣的壁紙。

夜晚在不同的光線照射下，黃昏的微光、燭光、燈光，以及最糟的月光下，壁紙變成了柵欄！我指的是表層的圖案，柵欄後面的女人清楚可見。

好長一段時間，我都無法確定背後那個幽暗的底層圖案究竟是什麼，但現在我相當確定那是個女人。

陽光下，她的力量被抑制、減弱，我想是表層圖案令她無法動彈。但這實在令人匪夷所思，也往往讓我呆看整個鐘頭都安靜不動。

我現在經常躺在床上，約翰說這樣對我最好，儘量多睡吧！

真的，他開始讓我養成餐後躺在床上小寐一小時的習慣。

我堅信這是個壞習慣，你瞧，因為我根本睡不著。

這反而養成我欺騙的習慣，因為我沒告訴他們我醒著——喔，當然不能說！

事實上，我開始有些害怕約翰了。

有時候他好像很古怪，甚至連珍妮都有令人費解的神情。

我偶爾會突然想到，就像科學的假設——可能都是壁紙的關係吧！

我會趁約翰不注意，暗中觀察他，或假借理由突然闖進房裡，幾次都發現他在盯著壁紙！連珍妮也不例外。有一次我還發現珍妮伸手觸摸壁紙。

她不知道我在房裡，我用最輕柔的聲音、強忍著以最平穩的態度詢問她在對壁紙做什麼。她猛回頭，像偷竊被活逮似的，一臉的惱怒——反問我為什麼要嚇她！

然後她說任何東西碰觸到壁紙都會弄髒，她發現我和約翰的衣服到處都是黃色的汙漬，希望我們小心一點！

這藉口聽來豈不無辜？但我知道她在研究那個圖案，我決定除了我，不讓任何人找出答案。

現在的生活比以前更刺激。你瞧，我有值得期待、盼望、注意的事情。我吃得真的比以前多，比以前更安靜！

約翰看到我的進展十分高興！前幾天還笑說儘管有那壁紙，我還是更加豐盈了。

我只能微笑以對，不打算告訴他這全是因為壁紙的緣故——他一定又會嘲笑我，甚至將我送走。

在解開謎底之前，我絕不離開。還剩一星期，我想時間應該夠用。

我感覺好太多了！

夜裡我睡得不多，因為看著圖形的發展實在太有趣了；但白天我睡得可不少。

白天時它令人感到乏味和迷惑。

蕈菌不斷冒出新芽，新的黃色調不斷覆蓋其上。雖然我很認真地數，卻怎麼也跟不上。

那壁紙的黃，是最詭異的黃！叫我想起所有見過的黃色東西——不是毛茛[1]那種柔美的黃，而是破舊、發臭、醜陋的黃色東西。

這壁紙還有另一個不同處——就是氣味！我們一進房間，我就注意到了，不過因為通風良好、光線充足，還不算太糟。但這個星期經常下雨起霧，不管窗戶是開是關，那氣味始終不散。

這氣味瀰漫整棟屋子。

我發現它在餐廳裡滯留，在起居室躡足，在走道上藏匿，在樓梯上躺著等我。

還竄進我的頭髮裡！

甚至連去兜風的時候，我猛然回頭嚇它——那氣味依然寸步不離！

真是怪異的氣味！我花上數小時試圖分析它，想找出它究竟像什麼。

一開始那氣味還不壞，非常柔和，卻十分微妙，是我聞過最耐久的氣味。

但在這潮溼的天氣裡，那氣味難聞得可怕，我常在夜裡驚醒，發現自己籠罩在這怪味中。

起初它讓我很不安，甚至認真思考要燒掉整間房子——以找出氣味。

但現在我已經習慣了。我唯一能想到的，就是它像壁紙的顏色！一種黃色的氣味！

在牆壁下方，靠近踢腳板處，有個十分奇怪的斑紋。斑紋環繞整間房，除了床，沿著每件家具的背後行走，又長又直的汙斑，像一次又一次地摩擦過。

我很好奇這記號是怎麼出來的，是誰弄的，又是什麼用途。一圈一圈又一圈——一圈一圈又一圈——轉得我頭暈目眩。

我終於發現了。

經過每晚不斷的觀察，看它如何百般轉變，最後我終於發現了。

表層的圖案確實在動——這也難怪！因為背後的女人在搖晃它！

有時候我認為那後面有許多女人，有時候只有一個，她爬行得很快，使整個圖案都在晃動。

在明亮的地方，她動也不動，只在陰暗處才抓緊柵欄，用力搖晃。

她無時無刻都想跨越柵欄，但任誰也爬不出那圖案——因為圖案會緊緊勒住她們，我想，就是這樣才會產生那麼多的頭。

那些頭一穿出來，就被圖案勒住，上下倒懸，讓她們眼珠子翻白！

如果將那些頭蓋住或移開，就不至於那麼可怕了。

我想那女人趁白天逃出來了！

我可以告訴你為什麼——私下告訴你——因為我見過她！

我看見她出現在我的每扇窗前！

我知道她是同一個女人，因為她老是在爬行，大多數的女人不會在白天爬行的。

我看見她在那條林蔭夾道的長徑上，上下爬行；我看見她在幽暗的葡萄藤架下，沿著花園不斷爬行。

我看見她在樹下沿著漫長的馬路爬行，當有馬車經過時，她就躲在黑莓藤下。

我一點都不怪她。因為大白天被逮到在地上爬行，一定很丟臉！

當我白天爬行時，一定會將房門鎖上。但晚上就不行了，因為約翰會立刻起疑。

約翰現在非常古怪，我不想去招惹他。我真希望他睡另一間房間！何況除了我之外，我不希望有別人在晚上將那個女人放出來。

我常想，是否可以同時從所有的窗戶看見她。

但不管我轉身得多迅速，我一次只能看到一扇窗。

雖然我老是看見她，但她爬行的速度可能比我轉身還快，有時候我看見她在曠野裡爬行，彷若在風中疾行的雲影。

如果最上層的圖案可以從底層拿掉！我想試試看，一點一點地試。

我發現另一樁有趣的事，但這回我決定不說！太相信別人沒什麼好處。

再過兩天就可以撕掉這些壁紙了，我相信約翰已經開始注意了。我不喜歡他看我的眼神。

我聽到他問珍妮很多關於我的事情。她有很多事可以報告。

她說，我白天睡得相當多。

儘管我非常安靜，約翰還是知道我晚上睡不好。

約翰也問我各式各樣的問題，裝出十分關愛和善的模樣。

以為我看不透他似的。

在壁紙下睡了三個月，他有這樣的舉止，我一點都不覺得奇怪。

它吸引了我的興趣，而我確定約翰與珍妮也受它影響。

萬歲！終於到最後一天了，但也足夠了！約翰今晚要在城裡過夜，而且入夜後才會離家。

珍妮要和我一起睡——她真是個狡猾的傢伙！但我告訴她，我要一個人睡才可以睡得更好。

這招高明，其實我根本不是一個人！當月光出現時，那可憐的東西就開始爬行搖晃著圖案，我趕忙起床，跑去幫助她。

我拉她搖，我搖她拉，天亮前，我們已經撕開好幾碼的壁紙。

撕去房間裡大半、與我身高等同的壁紙。

可是當太陽出來時，那可惡的圖案竟開始嘲笑我，我發誓今天一定要將它撕光！

我們明天就要離開了，僕人們將所有的家具都搬到樓下，讓房間恢復原狀。

珍妮吃驚地看著牆壁，我得意地告訴她，我這麼做純粹是因為討厭那難看的壁紙。

珍妮笑著說她不介意自己動手做，要我千萬別太累！

這下她可露餡兒了吧！

但我在這裡，除了我，沒有人可以碰壁紙——沒有任何活人可以碰它！

珍妮想將我弄出房間——這太明顯了！但我說現在這裡那麼安靜、空曠、乾淨，我想再躺一會兒、好好睡個飽，連晚餐也不要叫醒我——等我醒來再叫她。

現在她終於走了，僕人走了，家具也清空了，除了那張釘死的大床和床上找到的帆布床墊外，什麼也沒留下。

我們今晚在樓下過夜，明天搭船返家。

我挺喜歡這房間的，尤其現在又空無一物。

那些小孩是怎麼破壞這裡的！

這個床架刮痕累累！

但我得趕快工作了。

我鎖上房門，將鑰匙丟到屋前的小徑上。

約翰回來前，我都不要離開這個房間，也不要讓任何人進來。

我想嚇嚇他！

我在這兒藏了一條繩子，連珍妮都沒發現。如果那女人真的出來，想要逃跑，我可以將她綁起來。

但我忘了，沒有墊腳的東西，我根本搆不到。

這張床根本無法移動！

我試著搬床推床，直到手腳發軟，氣得我咬下一小塊床角——卻弄得我牙疼！

最後我踮起腳尖撕掉所有搆得到的壁紙。紙黏得很牢，那圖案可是得意洋洋！那些被勒住的頭、爆出的眼球、搖晃叢生的蕈菌，一同尖叫嘲諷著我！

我氣得想做些不顧一切的事。跳出窗戶應該算是值得挑戰的舉動，但護欄太牢固，試了也是白試。

何況我也不想這麼做。我太清楚那樣的舉動有多不恰當，還可能被誤解。

我一點也不喜歡看窗外——外面有太多女人在地上爬行，而且爬行的速度飛快。

我懷疑她們是否和我一樣，都是從壁紙裡逃出去的？

但現在有隱形的繩索牢牢繫住我——你們別想將我弄到外面的馬路上！

也許我應該趁夜裡回到圖案的背後去，不過那實在太痛苦了！

能夠到壁紙的外面來，在大房間裡盡情爬行，是多麼愉快的事！

我不想到外面去，即使珍妮叫我，我也不要！

因為在外面就得在地上爬行，而且每樣東西都是綠色而非黃色。

但在這裡，我就可以在平滑的地板上爬行，我的肩膀高度剛好與牆上環繞的長汙斑吻合，這樣我才不會迷路。

喔，約翰在門外！

沒用的，年輕人，你打不開的！

他又捶又喊！

現在他對珍妮大吼，說要一把斧頭。

砍破那漂亮的門，實在可惜！

「約翰，親愛的，」我以最溫柔的聲音說道：「鑰匙在前門的階梯下，就在車前草[2]的葉子下。」

這讓他安靜了幾分鐘。

然後他以極冷靜的聲音說道：「快點開門，親愛的！」

「我沒辦法，鑰匙在前門車前草的葉子下。」我又說了好多次，聲音非常溫柔、非常緩慢，不斷地重複，他不得不去查看，他當然找到了，然後進房間。但一開門卻停住了腳。

「怎麼回事？」約翰大叫：「老天啊！妳在做什麼？」

我依然繼續爬行，但我的頭側過肩膀看他。

「我終於逃出來了！不管你和珍妮怎麼對付我。我已經將大部分的壁紙撕掉了，你們再也不能將我關回去了！」我開心地說。

那男人為什麼昏倒了呢？但他真的昏倒了，而且橫臥在牆邊，就在我爬行的路徑上，害得我每次都得爬過他的身體才行！

---

1 多年生草本植物，亦稱洋牡丹，花瓣為黃色。

2 多年生草本植物，亦稱車輪菜，生長在山野、路旁、花圃、河邊等地。

魔瓶
The Bottle Imp

羅伯特・路易士・史蒂文生
Robert Louis Stevenson

1850 — 1894 年

羅伯特・路易士・史蒂文生，蘇格蘭作家。從小體弱多病，由於蘇格蘭的氣候不適合他的身體，因此大部分的時間都在旅行，這種不斷旅行的生活激發他創作的慾望，讓他留下許多膾炙人口的著作，如《金銀島》、《化身博士》、《新天方夜譚》等書。

藉由魔力滿足私欲，卻招致不幸的寓言故事已在民間盛傳好幾個世紀，例如《麥達斯點石成金》、《一千零一夜》以及《浮士德》等膾炙人口的故事。

〈魔瓶〉同樣具有民間傳說易懂的故事架構，但在優美的故事裡卻逐漸讓讀者在驚訝中產生共鳴與恐懼，最後達到充滿反諷性的高潮。

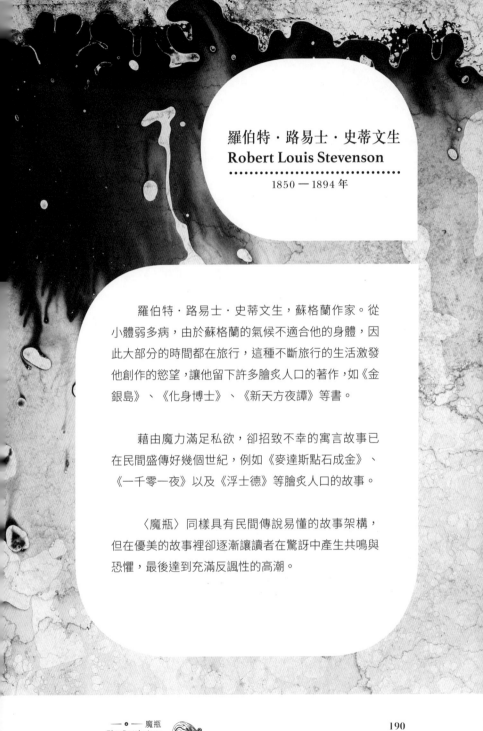

一位來自夏威夷的男子，我稱他奇威；由於這個男子現在仍活在世上，因此真名必須保密，我們姑且就叫他奇威吧。因為他出生的地方離霍那吾那吾不遠，又正好附近有一處洞穴埋藏著奇威大帝的骸骨。

奇威雖然貧窮，但勇敢、活躍，能文善道，像個受過教育的知識分子；此外，他還是一流的水手，時而駕駛蒸汽船，時而在哈瑪庫亞海岸一帶操控捕鯨船。但終究，奇威還是想到這個世界的其他地方、瞧瞧外地城市，他駕駛一艘小船航向舊金山。

舊金山是座美麗的城市，有壯麗的港灣、無數富裕的人們，尤其是遍及某座山丘的華麗宮殿。那天，奇威帶著滿口袋的錢在山丘上流連，欣賞兩旁美輪美奐的樓房。

「好美的房子！住在裡面的人一定很快樂，不必為明日擔憂！」當他來到一棟比其他樓房略小，卻仍裝潢得富麗堂皇如一棟精美玩具屋的房子前方，心中懷抱了這樣的想法。台前階梯如銀器般閃閃發光、花園怒放的花朵美得像精美花環、耀眼的窗戶如鑽石般閃爍光芒；讓奇威不由得停下腳步，讚賞眼前這幅美麗景致。

雖然忘情停步，但他注意到窗裡有位男子正盯著他瞧。奇威很接近那扇窗子，因此奇威清楚看見窗內男子的影像，就好像站在礁石上看清澈水裡悠游的小魚。對方是一個上了年紀的男子，禿髮、蓄著黑鬍鬚，臉上布滿濃濃的悲傷，正痛苦嘆息著。當奇威注視那名老者時，那名老者也注意到奇威，事實上，此刻兩人各自嫉妒著對方。

突然，老者向奇威微笑頷首，示意他進入屋內，並在大門口迎接奇威。

「這是寒舍，」那男人說話時仍不住嘆息。「別介意，進來看看裡面的房間吧？」

於是老者領著奇威參觀所有的房間，從酒窖到屋頂，無不頂級完美，在在令奇威讚嘆不已。

「這房子真的太完美了！如果我能住在這樣的房子裡，一定每天都笑得合不攏嘴。但您為什麼老是嘆氣呢？」奇威說。

「沒什麼。」那男子說道：「如果你這麼喜歡的話，可以送給你一棟像這樣的房子，甚至比這棟房子更棒。我想，你身上應該有些錢吧？」

奇威說：「我只有五十元。但像這樣的房子可不只五十元。」

那男子算了一下，說道：「真可惜你只有這麼一點錢。雖然以後可能會為你帶來不少麻煩，但五十元還是可以賣給你。」

「這棟房子？」奇威問。

「不，不是這棟房子，」那男人回答：「是這個瓶子。我得告訴你，雖然你會覺得現在的我集榮華富貴於一身，但我所有的好運，還有這棟房子、這座花園，都來自於這個不到一品脫[1]大小的瓶子。就是它！」

老者打開一個保險櫃，取出一個瓶身渾圓而瓶頸細長的玻璃瓶，米白如奶的顏色，瓶身紋理在光線下變換彩虹般的光芒。瓶裡有個形狀模糊的東西在移動，有如一團火光。

「就是這個瓶子。」老者說，奇威見狀笑出聲。

「你不相信？那麼，你自己試試。看看打不打得破。」

奇威高舉瓶子往地下重摔，不斷重複，但瓶子在地上如皮球般彈跳，毫髮無傷。

「真是個奇怪的東西。」奇威說：「從觸感還有外觀來看，這瓶子應該是玻璃製的啊！」

「屬於玻璃的一種。」那男人回答，嘆氣嘆得更厲害了。

「不過，這種玻璃是以地獄之火冶煉而成，瓶子裡住著一個精靈，我們現在看到的晃動身影就是它，應該不會錯。誰買了這個魔瓶，誰就是精靈的主人；主人所有的慾望，包括愛情、名望、財富、像這樣的樓房，甚至，像這樣的城市……只要說得出來，全屬於主人的。拿破崙曾擁有過這只魔瓶，靠著它，成為世界之王；最後拿破崙還是將它賣給別人，也從此一蹶不起。庫克船長也擁有過這只魔瓶，藉此發現許多島嶼，但庫克船長最後轉手賣給別人，落得在夏威夷被人處死的下場。因為，一旦將魔瓶變賣，魔瓶的法力與對主人的保護都會消失，除非主人滿足現狀，無欲無求，否則災難必將降臨。」

「但是你現在想賣掉它？」奇威問。

「我已經擁有想要的一切，況且，我的年紀也大了。這個魔瓶只有一件事辦不到，那就是……它不能延長人類的壽命。還有，為求公平起見，我也不該隱瞞你魔瓶的缺點；萬一魔瓶的主人在賣出前死亡，那麼，他將被打入地獄，永遠承受火刑之苦。」

「這真是天大的缺點！我才不要與那瓶子有任何關係。感謝上帝，沒有房子一樣可以過活。不過，有一件事我一個人做不來，這點倒令人扼腕。」奇威大叫道。

「唉呀，你千萬不要逃避。只要適度運用魔瓶的力量，再將它轉賣給其他人就好了，就像我現在賣給你一樣，你也可以高枕無憂過一輩子了！」

奇威說：「但是，我注意到兩件事，首先，你像個戀愛中的少女一樣老是嘆氣；再者，你企圖以非常低廉的價格脫手這瓶子。」

「我已經告訴你嘆氣的理由了。」男人說：「那是因為我怕我的健康不斷惡化，就像你剛剛說的，死後墜入地獄對誰而言都是一件憾事。至於為什麼我的售價如此低廉，我得向你解釋這瓶子的獨特之處。

很久以前，當魔鬼首度將瓶子帶到人間時，它的價格十分高昂，售出的第一個對象是傳說中的國王普雷司特・約翰，售價為幾百萬元；可是，當你轉售時一定要比原先的售價更低才行。如果你以當初的買價出售，那麼，這只魔瓶就像會返家的信鴿一樣，回到你身邊。人們以如此的價格交易了好幾個世紀，因此這瓶子目前的價格才會如此低廉。

我是透過同住在這個山丘的一位鄰居那兒買到這魔瓶的，當初我付的價格只有九十元。當然，我可以用高達八十九又九十九分錢的價格售出，可是我多一便士也不敢要，否則這瓶子就會又回來找我。

現在，這東西還有兩個麻煩之處。第一，當你將這麼一個奇特的瓶子以八十元的零錢賣出時，人們一定會認為你在開玩笑。第二，不過這點先不急，我就先不說明了。只要記得，你賣的時候一定要零錢才行。」

「我怎麼知道你說的都是真的呢？」奇威問。

「你現在就可以證明。將你身上的五十元給我，把瓶子拿走，然後向瓶子許願剛剛你給我的五十元回到你的口袋裡。如果什麼都沒發生，那麼我立刻取消這項交易，並將五十元還你，我以我的人格保證。」

「你沒有騙我吧？」奇威問。

那男人發重誓保證。

「好吧！那麼我就放手一搏！反正也沒什麼損失。」於是奇威將錢交給男人，男人遞給他那只瓶子。

奇威喃喃唸道：「魔瓶精靈，將我的五十元拿回來。」就在他話還未說完的當兒，空盪盪的口袋又像剛剛裝滿錢時一般沉重。

「這瓶子真是太神奇了！」奇威說。

「那麼，現在，早安啊，親愛的朋友，魔瓶是你的了！」那男人說。

「等等，不要開我玩笑了。拿去，將你的瓶子拿回去。」

「你已經以比我當初購買時還低的價格買下它了。」男人搓著手，焦急答道：「魔瓶已經是你的了！現在的我不想再看到你的臉了。」說著便搖鈴召喚他的中國僕人將奇威帶出門外。

奇威站在街上，腋下夾著瓶子，他開始認真思考：「如果關於這瓶子的一切都是事實，那我真是虧大了。搞不好那男人騙我。」

奇威做的第一件事就是點數身上的錢，總數正確無誤。四十九元美金加上一塊智利幣。

奇威自言自語說道：「看來應該是真的。那麼，現在試試另一個。」

舊金山此區的街道一如甲板乾淨整潔，雖然日正當中，卻沒有一個行人。奇威將瓶子放在路旁排水溝裡，然後離開。他兩度回頭，那奶白色、圓滾滾的瓶身仍在他放置的地點；他第三次回頭，打算轉過一個街角，就在欲轉彎時，突然某樣東西敲著他的手肘，奇威一看，那魔瓶長長瓶頸碰到他的手，圓滾瓶身好端端塞在他的外套口袋裡。

「應該是真的吧！」奇威說。

接下來，奇威到店裡買一個用來拔除軟木塞的開瓶器，並走到草地上某隱密處，嘗試拔開瓶子上的軟木塞。但不論奇威如何用力旋入開瓶器，最後都會被彈出瓶外，軟木塞依然完好如初。

「好個新型軟木塞。」奇威心想，然後突然用力搖晃瓶子，搖得自己汗流浹背，因為他開始害怕這個瓶子了。

回港邊的路上，看到一間店鋪，裡面有個男人賣著一些來自野生島嶼的貝殼、球棍、古老的異教徒神像、古老的錢幣、來自中國與日本的老照片，還有各式各樣水手們用箱子拖來的新奇玩意兒。看到這些東西之後，奇威突然有個點子，於是走進店裡，想以一百塊錢賣掉那只瓶子。一開始，店主嘲笑他，只願意出五元；不過說真的，那還真是個奇特的瓶子，還沒有哪一個玻璃工人可以吹出這種玻璃，奶白色的瓶身下閃爍著燦爛奪目的光芒，而瓶中那朦朧的身影又是多麼的奇妙啊！因此，在他用自己的方法討價還價一陣子之後，店主給了奇威六十個銀幣，並將瓶子放置在窗戶中間的架上。

「現在，」奇威說：「我用六十元的價格賣出、五十元的價格買入，雖然買入價格實際是比五十元還要少一點，因為其中有一塊錢是智利幣。現在，我可以另一種方法證明瓶子的真假。」

於是奇威回到自己的船上，當他打開置物箱時，瓶子果然又出現了，甚至比他還早到呢！

奇威船上有一位名叫羅帕卡的同伴。

羅帕卡問：「你怎麼了？為什麼直盯著你的箱子？」

水手艙裡只有他們兩人，於是奇威毫無保留地將整個經過全盤托出。

羅帕卡說：

「這實在非常奇怪，我擔心你會因為這瓶子惹上不少麻煩。不過有一點倒十分清楚，就是你很清楚麻煩是什麼，而且最好能從這筆買賣得到好處。決定好你要這瓶子為你做什麼，下達命令，如果它完成你的願望，我再向你買這只瓶子；因為我一直想擁有一艘帆船，可以到各個島嶼做買賣。」

「我要的可不一樣，我想在可娜灣建造一棟美麗的屋子和花園，那是我出生的地方，陽光照耀在我的家門，花園裡百花盛開，窗子上有乾淨明亮的玻璃，牆上掛著圖畫，桌子上有玩具還有精美的毯子，一切的一切就像我今天見到的那棟房子，只是要再高一層樓，房子周圍都要有陽台，就像皇宮一樣。無憂無慮的住在那兒，與我的親朋好友盡情

歡樂。」奇威說。

羅帕卡說：「我們就將它帶回夏威夷，如果一切願望如你所期的實現，我就買下這瓶子，就像我剛剛說的，然後要它給我一艘帆船。」

於是他們倆達成協議，沒多久，他們的船帶著奇威和羅帕卡，以及那瓶子回到霍那吾那吾。在他們尚未靠岸時就在岸邊遇見一位朋友，對奇威表示哀悼同情之意。

「我不懂你為什麼要對我哀悼。」奇威說。

那位朋友說：「難道你還沒聽說嗎？你叔叔，那個老好人不幸過世了，而你的侄子，那個漂亮的小男孩，也在海裡淹死了。」

奇威聞訊後開始哭泣、哀嘆，悲痛的他完全忘記瓶子的事。可是羅帕卡倒是沒忘了替自己打算，待奇威稍稍止住悲傷後，羅帕卡提醒說：「我一直在想，你叔叔在夏威夷不是有些地產嗎？就在考島區？」

「不，不在考島，是在山上，胡肯納再南一些的地方。」奇威說。

「那麼現在那些地是你的了？」羅帕卡問。

「是啊！」奇威再一次為他失去的親人哀悼。

羅帕卡說：「現在先別急著難過。我有個想法：萬一這一切都與那瓶子有關呢？因為現在正好有一塊地空下來讓你蓋房子。」

「如果真是這樣的話，利用殺害親人的方式達成我的願望，這種作法實在令人髮指。不過，話說回來也並非不可能；因為那個地方正好是我心中最理想的蓋屋地點。」

「但是，那房子還沒開始蓋呢！」羅帕卡說。

奇威說：「不，不可能蓋的！雖然我叔叔種了一些咖啡、葡萄和香蕉，也只能勉強溫飽；而且那塊土地都是黑色火山岩。」

羅帕卡說：「我們先去找律師。我還是覺得與那個瓶子有關。」

於是，他們去見了律師，看來奇威的叔叔在過去幾天突然發了一筆橫財，留下一大筆資金。

「現在有錢蓋房子了！」羅帕卡歡呼。

律師說：「如果你們想蓋新房子，這裡有一張新的建築師名片，他們說這位設計師相當不錯。」

羅帕卡大聲歡呼。

「真是太美妙了！一切都替我們安排妥當。我們只要順著事情的發展就成了！」於是他們前去拜訪那位建築設計師，他的桌上放了一些房屋的設計圖。

那位建築師說：「你想要一些不一樣的，你喜歡這樣的房子嗎？」說完將設計圖遞給奇威。

當奇威看了那張設計圖之後，忍不住興奮大叫，因為圖中的樣式正是他心裡構思的圖案。

「我就要擁有自己的房子了！雖然不喜歡事情如此發展，但是我的願望就要實現了，最好還是接受這個魔鬼提供的好處才行。」

於是他對設計師說明所有心中的期望，希望如何布置、甚至連牆上的畫和桌上的小擺設該如何如何都鉅細靡遺描述。最後，他直截了當地詢問設計師打點好這一切需要花多少錢。

設計師問了許多問題，拿起筆加總計算一番。最後，他說出的總數恰巧就是奇威剛剛繼承的遺產總值。

羅帕卡和奇威相視點頭。

「事情擺明在眼前。我就要擁有屬於自己的房子，不管我願不願意。這房子是魔鬼給的，恐怕我也從中得到了些許好處。但我可以確定的是，只要這瓶子還在我手上，我絕對不再許什麼願望。不過，既然已經要住進那房子了，我最好還是接受魔鬼給我的好處吧！」

於是，他與設計師訂定合約，並在一張紙上簽名確定。奇威和羅帕卡再次出航，航向澳洲；因為他們彼此約定在施工期間不得干擾工程的進行，就讓設計師與那只魔瓶去建造奇威夢想中的家。

那是個愉快的旅行，只不過奇威一直努力憋住呼吸，因為他發誓自己絕對不要再許什麼鬼願望，也不要再從魔鬼那兒索取什麼好處。旅行回來也就是工程截止日。建築師告訴他們房子已經建造完畢，奇威與羅帕卡搭乘「大堂號」，往南航行到可娜灣瞧瞧那棟房子，是否依照奇威心中所想的一切建造完成。

現在，從船上就可以清楚望見那棟依山而建的樓房。房屋上方是翠綠的森林隱沒在雨雲裡；下方則可望見遍布懸崖下的黑色火山岩，也就是過去那些族長們長眠之處。圍繞在房子周遭的花園裡開滿了萬紫千紅的花朵；房屋的一邊是一整片木瓜園，另一邊則是麵包樹果園，正前方面海的方向，停著一艘豎好桅桿、張滿了帆的船。房子有三層樓高，有裝潢得美輪美奐的房間，每間房外都有寬敞的陽台。

窗戶上鑲嵌著澄淨如水、明亮如畫的玻璃，精緻的家具彰顯房間的氣派。牆上掛著一幅幅鑲著金框的圖畫，有漁船、戰鬥的勇士、最美的女人以及獨特的風景。屋子裡掛的這些圖畫是奇威所見過色彩最鮮豔明亮的圖畫了！那些小擺設，做工也極為精巧雅緻：像那美妙的音樂鐘和音樂盒、隨著音樂不斷點頭的小人偶、滿是圖畫的故事書、來自世界各地的珍貴武器、還有最優雅美麗的拼圖，供這位寂寞的男人排遣休閒時光。至於那些裝飾得美輪美奐的房間，應該沒有人會想要住在裡面，只會想走進房裡好好參觀。

因此，建築師將陽台設計搭建得格外寬敞，整個城市的景色在眼前一覽無遺。連奇威都不知該如何取捨，是走到屋後的前廊享受清風的吹拂、俯覽果園與花朵；抑或走到前陽台，飲一口海風，遠眺那陡峭的山壁，望著每週往返於庫其那與裴里丘的「大堂號」，或是那來回載運木材、葡萄與香蕉的多桅縱帆船。

參觀整棟樓房之後，奇威和羅帕卡一同坐在前廊上。

羅帕卡問：「一切都與你想的一樣嗎？」

奇威說：「簡直無法言喻。比想像的更美，我太滿足，快承受不住了！」

羅帕卡說：「不過還有一件事讓人不得不考慮的。因為現在這一切發生得太過自然，看起來好像那個魔瓶精靈與這件事一點關係也沒有。所以，如果我向你買了這只瓶子，卻得不到我想要的多桅縱帆船，那不等於我將自己送入火坑卻什麼也得不到。我知道當初我已經答應過你，不過我想你應該不介意再向我證明一次才對吧！」

「可是我已經發誓絕不要再利用這瓶子得到什麼好處了。我已經罪孽深重了。」奇威答道。

「我並不是要從中得到什麼好處。」羅帕卡回答：「只想看看這個魔瓶精靈的模樣。這麼做對我們並沒有什麼好處，也就沒什麼好羞恥了；再說，如果我親眼見到它，那我對整件交易就可以放心了。你就讓我滿足一下這個願望，讓我看看這個魔瓶精靈，看了之後我就會買下這只瓶子，錢已經準備好，在我手裡。」

「我只害怕一件事，」奇威說：「魔瓶精靈可能醜到不忍直視，如果你看到它，說不定就完全不想要這只魔瓶了。」

「我可是說話算話的男子漢，」羅帕卡說：「我們說好的錢也都準備好在這兒了。」

「很好！」奇威回答。「其實我自己也很好奇。來吧！讓我們來看看你的精靈先生吧！」

話才說完，魔瓶精靈已經現身，但又像蜥蜴似的迅速消失了身影，這轉瞬間的變化讓奇威和羅帕卡呆愣得石化在原地。直到窗外天色已暗，兩人沒有任何想法，也沒有發出聲音說話。羅帕卡把錢推到奇威面前，拿起了圓瓶。

「我說話算話，」羅帕卡說：「也必須這麼做，否則我才不願和這只魔瓶有任何牽扯。好了，我應該可以得到我想要的多桅縱帆船，還有一些錢。然後我會盡快擺脫這個精靈。老實說，它的樣子讓我很失望。」

「羅帕卡，」奇威說：「你不覺得你讓我變得更糟了嗎？現在已經是晚上了，路況又不好，還會經過墳地，這麼晚還走到那麼恐怖的地方！我必須說，自從看了那張小臉，

我已經吃不下、睡不著、不能靜下心做禱告，除非它自我的腦海消失。我會給你一盞燈籠和一個籃子放那個魔瓶，我屋子裡任何一幅畫或是東西可以讓你感到開心的，你都可以帶走。」

「奇威，」羅帕卡說：「大部分人都會受到很大的刺激，像是必須在黑夜摸黑走過墳地；或是當自己的手裡有那個魔瓶時，由心深處生成的罪惡感，像是被十倍的危險包圍。但是當我守信買了那個魔瓶，卻讓你變得更友善。對我來說，我很怕我自己，也無心責怪你。我現在要離開了，我會向神祈禱，祝福你在你的房子裡快樂地生活，我有幸得到一艘屬於我的多桅縱帆船，我們都會上天堂，讓那個魔鬼和它的瓶子就此結束。」

羅帕卡說完就動身下山了。奇威站在前陽台，聽著馬蹄聲，望著閃著火光的燈籠一路往山下而去、沿著埋藏著先民的洞穴旁的峭壁離開；奇威不斷搓著雙手、顫抖著，為他的朋友祈禱，同時感謝上帝，自己終於擺脫了燙手山芋。

第二天，天色明亮得刺眼，奇威的新家在陽光下顯得金碧輝煌，美得令他百看不厭以致於完全忘了前一晚的恐懼。日復一日，奇威滿心喜悅住在房子裡。他挑選了有後門廊的那間屋子，作為平日用餐與起居的地方，還可在那兒閱讀《霍那吾那吾報》上的奇聞軼事；不管有誰路過這房子，都會入內參觀房裡的陳設與畫作。房子的名聲愈傳愈遠、愈來愈響亮，人們稱它為「可娜灣的大房子」，有時則稱為「陽光之屋」，這是因為奇威雇用了一名中國勞工，他每日不斷打掃、擦拭，因此房裡的玻璃、鍍金器具、所有精緻高級的用品、畫作等，全都金光閃閃，晶亮得猶如晨光照耀一般。至於奇威自己，不管走到哪個房間，總是志得意滿唱起歌，他愈來愈自大，每當有船隻經過，總不忘升起自己的旗幟。

時光就這麼一天天消逝，直到那一天，奇威終於遠行到凱盧阿探望他的朋友們。大家熱情款待他，但第二天一早他仍然片刻不願多留，火速駕馬離去，因為他等不及要回家看那美麗的屋子；況且，那天晚上正是科納島往生者的亡靈回到陽世間的日子，由於奇威之前與魔鬼交易，他非常害怕看到死者。

就在霍那吾那吾再往前一點不遠處，他遠遠看到一個女人在海邊沐浴，她似乎是一位發育成熟的女孩，不過奇威並無其他念頭。然後，他看到她從海中走出，穿起白色直筒連身無袖短洋裝，衣襬翩翩飄動，然後看到她套上紅色荷樂庫[2]；當奇威走向她時，她也來到路邊，整個人看上去顯得煥然一新，雙眼炯亮有神、柔媚動人。奇威停下來站到她身邊。

「我還以為這地方我無人不識，可是我竟然不認識妳？」

「我叫做科庫雅，是奇雅諾的女兒。我才剛從歐胡島回來。你是誰？」女孩答道。

「我會向妳稍微介紹一下自己，」說著奇威從馬上躍下。「但不是現在。因為我想，如果妳知道我是誰，那妳可能會聽說過我，而因此不對我說實話。請先告訴我一件事：妳結婚了嗎？」

科庫雅聞言笑不可遏。

「喜歡問問題的人是你，那麼你結婚了嗎？」

「說實在的，還沒。」奇威回答道：「直到此時此刻我才突然有了結婚的念頭。我得向妳表白，當我在路邊遇到妳，見到妳如星辰般耀人的雙眼時，我的心立刻就飛到妳身邊。所以，如果妳不想要我，請直說無妨，我會立刻離開回到自己的家；但如果妳覺得我並不比其他年輕男子糟糕的話，也請妳告訴我，那麼今晚我就會立刻啟程到令尊那兒，明日一早向他老人家提親。」

科庫雅只是望著海微笑。

奇威再問：

「科庫雅，如果妳還是不說話，那我就當妳默許了；我們一起到令尊那兒吧！」

於是她領著他前進，依然一言不發；只是

偶然回頭望著他、然後又望向別處，嘴裡一直咬著帽帶。

終於，他們來到了她父親的門前，奇雅諾從陽台上走出來大聲歡呼、叫喚奇威的名字。科庫雅聞言驚訝地回頭，因為她早已聽聞那個大房子的名氣；老實說，那房子的魅力還真不小。那個晚上他們十分欣喜愉快，科庫雅在父母的眼前表現得大膽狂野，還因為自己的小聰明，不斷愚弄奇威。第二天，在與奇雅諾密談之後，奇威找到了獨處的科庫雅。

奇威說：「科庫雅，昨晚妳一直嘲弄我，如果現在妳要我走也可以。當初我之所以不告訴妳我的真實身分，是因為我那棟房子實在太豪華了，我怕妳太在乎那棟房子、而忽略了這個愛妳的男人。既然現在妳已經知道我是誰，而妳還是希望我離開的話，請妳坦白說吧！」

「不！」科庫雅說道，只是這次她不再嘻皮笑臉，奇威也靜默了。

這就是奇威的求婚經過，事情發展得極為快速順利，郎有情、妹有意，兩人一拍即合。一切來得太快、他們也走到了這個地步，女孩才開始認真思考奇威這個人。在拍擊海岸的浪濤聲中，她聽見奇威的聲音，為了這個只見過兩次面的男人，她必須離開雙親、離開她生長的島嶼。至於奇威，他駕著馬車飛馳在滿是墓穴的懸崖下山路。達達的馬蹄聲、還有奇威歡喜的歌聲，迴盪在葬滿死者的山洞裡。

終於，他回到「陽光之屋」，嘴裡不斷哼著歌。他坐在寬闊的陽台上用餐，那個中國僕役驚訝地盯著主人瞧，奇怪他怎麼能夠塞了滿嘴的東西還一邊唱歌。太陽沉入海底，夜晚終於降臨；奇威就著燈光在陽台散步，位在山頂極高處的他，歌聲震懾了在海上航行的船夫。

奇威對自己說：「現在的我正處於人生的巔峰。未來可能不會再比此刻更美好了，我已經攀到了頂點，未來只會更糟。今晚我要點亮房裡的燈火，趁此刻好好享受我頂級的浴缸、泡著三溫暖，好好睡在我新房裡的大床上。」

於是中國僕人得令，不得不從睡夢中爬起、升起火爐，正當他在燒鍋旁埋頭努力時，聽到主人在樓上燈火通明的房間裡高興地唱歌歡呼。水燒開後，他叫喚主人，然後奇威下樓進入浴室，當僕人在大理石浴缸裡放水時，還聽到奇威開心地歌唱。

他不斷唱歌，但歌聲在他寬衣時稍微變了調，然後，歌聲突然中斷。僕人努力地、仔細地傾聽，最後終於忍不住叫喚奇威，問他是否一切安好，奇威回答他：「我很好！」，並且要他回房休息；可是，從此之後「陽光之屋」再也沒傳出歌聲了。那天晚上，僕人只聽到主人在陽台不斷來回踱步的腳步聲。

當晚事情的真相如下；當奇威寬衣入浴時，他看到自己身上有一個記號，模樣就像覆蓋在岩石上的地衣，這就是他突然停止歌唱的原因。他知道這記號代表什麼，也知道自己中了中國魔[3]。對任何人而言，得了這種病都是一件不幸的事情；更何況還要離開這麼一間美麗寬敞又舒適的房子，甚至得離開所有的親朋好友，一個人被隔離到摩洛凱島北岸那尖峭的山壁和洶湧的浪濤之間。對奇威來說，昨天他才遇見生命中的至愛，早上才得到了她，但現在他卻眼見所有希望，在一瞬間如脆弱的玻璃般碎落一地。

他呆坐在浴缸邊好一會兒，突然跳起，大哭大叫衝出浴室，沿著陽台來回不斷踱步，絕望至極。

「我寧願離開夏威夷，離開我祖先世居的故鄉，我甘願離開我的家、離開這個居高臨下、依山傍海、四面開窗的豪宅。我也有勇氣到摩洛凱島、到卡勞帕帕的懸崖邊，與

痲瘋病人生活在一起。但是，我究竟犯了什麼錯？我到底犯下什麼滔天大罪？偏要我在那個傍晚遇見從海裡出現的美麗的科庫雅，她奪走了我的靈魂！科庫雅，她是我生命裡的光輝！可能我無法與她成婚、可能我以後再也見不到她、可能我再也無法活著照顧她！為了我悲慘的人生、為了妳，科庫雅，讓我為妳獻出我的耶米亞哀歌！」

現在，各位讀者應該可以看出奇威是個怎

麼樣的男人，因為他太可繼續住在那棟「陽光之屋」，沒有人會懷疑他身染重病；但他並不這麼想，就算因此必須失去科庫雅也一樣。再說，只要他願意，他依然可以迎娶科庫雅，相信很多人都會這麼做的，因為那些人都是自私的；但奇威捨下了私情，以大丈夫的方式愛著她，絕不願傷害她，讓她置身任何危險之中。

午夜過後，他突然想起了那只魔瓶。他在後陽台來回踱步，想到親眼看到魔瓶精靈出現的那天，突然一股寒意竄進他血脈。

「那瓶子真是一個可怕的東西，那精靈也十分嚇人，與魔鬼打交道簡直恐怖至極。不過，再許一個願望來治病或是迎娶科庫雅如何？唉呀，我是怎麼搞的！難道為了那棟房子敢與魔鬼許願，卻不敢為了科庫雅再一次面對它嗎？」

接著，他想到第二天也就是科庫雅搭乘的「大堂號」回程返回火奴魯魯的日子。

「我一定要盡快行動才行。我一定要去見見羅帕卡。我現在最大的希望都寄託在當初那個我急著擺脫的小瓶子。」

那一晚他完全無法入睡、晚餐哽在喉嚨；但他還是捎了一封信給奇雅諾，在蒸汽船即將到來的時刻，立刻策馬下山沿著墓穴之崖疾駛。但那天下著雨，他的馬吃力地奔跑著，他望著漆黑的洞口，竟然羨慕起那些死者，他們現在正安穩沉睡著，再也無須煩惱；突然奇威驚訝發現自己竟然奔馳了這麼一段路。他下到胡肯納，一如以往，所有的鄉親聚集等待蒸汽船。在商店前的棚架下，人們並坐談笑、互通消息，但奇威一句話也說不出來，他坐在人群之中望著落在屋頂上的雨滴以及拍打著岩石的海浪，發出陣陣嘆息。

「『陽光之屋』的奇威怎麼那麼沒精神！」村民們口耳相傳。的確，他很沒精神，還有一些茫然。

然後，「大堂號」終於來了，他搭著捕鯨船登上甲板。客船的後半部坐滿了白人，他們盛行前來此地參觀火山；中段則坐著夏威夷當地土著肯納卡人，前段則載運著來自希洛的野生公牛和考島的馬匹；但奇威卻因內心的傷痛尚未平復，獨自坐在遠遠之處，眺望著奇雅諾的房子。那房子座落在海岸旁、黑色岩石間，有可可樹形成的濃蔭，門前有個穿著紅色荷樂庫的身影，大小比一隻蒼蠅大不了多少，如蜜蜂般焦急得來來回回。

奇威哭泣道：「啊！我心中的女王，為了得到妳，我願意以我的靈魂為賭注。」

很快的，黑暗降臨，船艙裡點上了燈火，白人們圍坐著玩起紙牌、喝著威士忌，這是他們的習慣；但奇威整夜不斷在甲板上踱步。第二天，船隻通過茂宜島或摩洛凱島，他還是像一隻被關在獸欄裡的野生動物一樣，來回不斷地踱步。

將近黃昏時，他們通過了鑽石頭山，來到了火奴魯魯港。奇威從人群中步下船，開始找尋羅帕卡。看來，他似乎已經成功地成為夏威夷諸島最棒的多桅縱帆船所有人，而且出海到波拉波拉或卡西奇一帶冒險。因此，奇威原本想向羅帕卡求助的希望頓時破滅。在這時，奇威突然想起一位朋友，他在這個小鎮擔任律師的工作（我不能說出他的名字），於是便順道問起他的近況。人們說他突然之間致富，並在威基基海灘蓋了一棟美輪美奐的新房子；這下讓奇威靈感乍現，於是立刻雇用一匹馬車，駛向那位律師的住處。

這棟樓房十分新穎，花園裡的樹木嬌小精緻，不比一般手杖高大。當奇威進屋後，他見到那位律師身上散發著一種志得意滿的男人的神氣。

「有什麼可以效勞的嗎？」律師問。

「您是羅帕卡的朋友。」奇威問：「羅帕卡向我買了某樣東西，我想您應該可以告訴我它的下落。」

律師聞言後臉色突然一沉，說道：

「奇威先生，雖然我承認我明白您的來意，但這的確是個很低級的交易。不過，我想您也知道我對這後來的經過是一無所知，但如果您願意付二十五分錢，您應該可以得到您想要的消息。」

於是，律師說出某人的名字，然後事情再一次重演，我最好還是別再贅述。相同的情況就這麼持續了好幾天，奇威從一家追到另一家，發現到處都是穿新衣、駕新馬車、住新房、志得意滿的人，但是，每當他暗示那筆交易時，大家的臉上都不約而同露出陰暗的神色。

「我的方向一定沒錯。這些新衣、新馬車一定都是魔瓶的傑作，還有那些滿足的臉，一定是因為他們得到了好處又安全擺脫那東西的關係。等我找到臉色蒼白、又不斷嘆息的人時，應該就可以找到那個瓶子。」奇威心想。

最後，他被引到住在貝瑞坦尼亞街上的一個白人那兒。他在距離晚餐前一小時抵達白人的家門口。房子處處遺留新屋的痕跡，還有剛完成的花園、窗戶內透出的電燈光線在在說明了一切；但是，當房子的主人出來應客時，一股希望與恐懼頓時衝入奇威的腦海。因為眼前這位年輕男子臉色慘白如屍、雙眼發黑、披頭散髮，活像一個等著被推上斷頭台的人。

「就是他了，不會錯的。」奇威心想，因此，他開門見山毫無保留的對那個白人說道：「我是來買那個瓶子的。」

聞言，住在貝瑞坦尼亞街上的年輕白人，感到一陣天旋地轉似地跌靠在牆壁。

「瓶子！」他倒抽一口氣說道：「你要買瓶子！」然後，他像哽住一般，抓住奇威的手臂拖他到某個房間裡，倒了兩杯紅酒。

「這就是我的來意。」奇威開口道，現在的他就像白人一樣。「是的，我是來買那個瓶子的。請問現在價錢多少？」

年輕白人一聽到他的話，手上玻璃杯滑落地面，像個幽魂一樣看著奇威。

「價錢，價錢！你不知道價錢嗎？」

「我就是要問你這個。你為什麼這麼擔心？價錢有什麼不對嗎？」

「從上次您賣出之後，價格就大幅滑落了，奇威先生。」那年輕白人結結巴巴說出這句話。

「那麼，我應該只需付少少的錢就好。你花了多少錢買的？」

那男人面色蒼白如紙，說道：

「兩分錢！」

「什麼？」奇威大叫：「兩分錢，為什麼？那你只能以一分錢來賣掉它。那買的人？」奇威突然張口結舌愣住了；因為這表示如果他買下瓶子，他就再也無法賣掉它了，那魔瓶和那邪惡的精靈將會一直伴隨著他直到死去那一天，他死後必定要帶著它到地獄盡頭。

貝瑞坦尼亞街的年輕白人此時跪了下來。「拜託你買下它吧！」他哭了。「我所有的財產通通可以給你。我真是瘋了才會以那種價錢買下它。可是我盜用了店鋪裡的錢；

當時的我鬼迷心竅，我本來一定會坐牢的！」

「可憐的東西！你願意這麼不顧一切地拿自己的靈魂當賭注，就為了不讓自己因為自己做的事受到懲罰。你以為我會為了我心愛的人而猶豫嗎？瓶子拿來，我確定你身上應該早就備好零錢了吧！這裡有五分錢。」

正如奇威所料，那年輕男人從抽屜拿出了準備好的零錢。魔瓶易主，奇威的手指還沒碰觸到瓶角，就迫不及待地說出心中的願望，希望自己成為一個健康的人。當然，當他回到家裡，回到房間，在鏡子前脫光身上的衣服，他的身體又回復到如嬰兒般光潔乾淨的模樣。但有一點奇怪的是，在他還未親眼目睹奇蹟時，他的心境卻產生了變化，他變得一點也不關心那個中國僕人，甚至連科庫雅都不甚在意；他唯一的念頭就是要永遠

與魔瓶和魔瓶精靈在一起，最大的希望就是成為地獄之火中燃燒的一枚灰燼。在他心中，他看見地獄之火在眼前熊熊燃燒，然後他的靈魂開始萎縮，最後，火光被黑影籠罩。

終於奇威稍微回過神來，他想起今晚有樂團在飯店表演。於是他出發到飯店，因為害怕獨處。但是在那裡、在那些快樂的臉孔來來回回地移動中，聽著高低起伏的樂聲，看著伯格敲著節拍，那火焰燃燒時的聲響卻片刻未離，甚至還可見到熊熊火光在無底洞燃燒。突然，樂隊奏起了一首曲子；奇威曾與科庫雅一起唱著這首歌曲，突然，他心中又升起一絲勇氣。

「一切都結束了。就讓我再從那惡魔身上得到些什麼好處吧！」

於是，他搭乘第一班蒸汽船回到夏威夷島，以最短的時間迎娶科庫雅，並將她帶回位居山邊的「陽光之屋」。

現在的情況是：當他們兩人在一起時，奇威的心情還可稱得上平靜；但只要他一人獨處，他就會陷入無比的恐懼中，聽見火焰燃燒的啪啦聲，見到火團像在無底洞中燃燒著。而那女孩，真的已經完全屬於奇威了；每當見到他時，她的心立刻欣喜的跳躍，她的手緊抓著他不放。她從頭到腳全都裝扮成最時髦的模樣，每個見到她的人，都可感覺到她滿心的喜悅。她原本就是快樂的人，總是言語動聽和善，有唱不完的歌，在「陽光之屋」裡來來去去，是這三層樓房裡最明亮燦爛的存在，如鳥兒般歡唱著。奇威總是滿心歡喜地看著她、聽著她，然後又痛苦地退縮至一旁，想到自己為她所付出的慘痛代價而哀嚎哭泣。但他還是得擦乾眼淚、洗淨雙頰，陪著她坐在寬敞的陽台上，和著她的歌聲，以一縷飽受摧殘的靈魂，回應她燦爛的笑容。

終於有一天，她的腳步不再輕快、她的歌聲逐漸黯淡；現在，會躲在一旁哭泣的人不只奇威了，他們躲著彼此，相隔了一整個「陽光之屋」的距離，各坐在陽台的兩端。

奇威完全陷入自己的悲情中，因此並未察覺彼此的變化，只慶幸自己有更多的時間可以獨坐、回想自己悲慘的命運，不用再時時頂著疲憊的心、裝出一臉微笑。有一天，當他悄聲穿過屋子時，他聽到一陣如孩童般的嗚咽，原來科庫雅坐在陽台地板上，像個迷路的小孩般掩面哭泣。

「妳可以在屋子裡哭啊，科庫雅。只要能讓妳快樂，就算要我拋頭顱我都願意。」

她大哭喊道：「快樂！奇威，當你還是一個人住在『陽光之屋』時，你是島上傳說的快樂男人，笑語與歌聲不絕於耳，你的臉，就像陽光一樣燦爛。然後，你娶了可憐的科庫雅，天知道她做錯了什麼？可是從那天開始，你就再也不笑了，天啊！我到底做錯了什麼？我還以為自己很漂亮、而且我知道我愛你！我到底做了什麼讓我丈夫如此愁雲慘霧？」

「可憐的科庫雅。」奇威說。他坐在她身旁，伸出雙手想握住她，但她卻將手抽回。「可憐的科庫雅，我可憐的寶貝，我的美人。我一直以為這麼做才是為了妳好！好吧！妳有權知道全部真相。那麼，至少會同情可憐的奇威；明白當時的他是多麼愛妳……為了妳，他不惜與地獄打交道。他（這個可憐、被詛咒的人）現在還是一樣愛妳，只當他看著妳時才能擠出一絲笑容。」

於是，奇威將全部經過告訴了科庫雅，從頭娓娓道來。

「你為了我這麼做？」她泣不成聲道：「啊！那我還有什麼好在乎的！」說著她緊抱奇威，哭倒在他懷裡。

「啊！我的寶貝！當我想到地獄之火時，我真的好害怕。」

「不要這麼說。沒有人會因為愛上別人而迷失自我，這不是罪過。我告訴你，奇威，我一定會救你的，不然就讓我與你一同毀滅吧！你因為愛我而甘願犧牲自己的靈魂，難道你就不認為我也會冒死回報你的愛嗎？」

「喔！親愛的！雖然人難免一死，但是其中的差別是，妳會留下我孤獨一人，直到我報應來臨的那一日。」

科庫雅說：

「你不知道。我在火奴魯魯受過教育；我不是一般女孩。我告訴你，我一定會救我愛的人。一分錢又怎麼樣？又不是全世界的人都用美金。在英國，他們還使用一種四分之一便士的錢幣，幣值大約是一分錢的一半而已。啊！難過啊！這樣也於事無補，英國一定沒有這樣的買主，我們找不到像我的奇威這麼勇敢的人！

不過，還好，還有法國；他們有一種面額極小的硬幣，他們稱之為生丁，五個生丁值一分美金左右。我們找不到更好的地方了！走吧！奇威，我們一起去法國列島；我們還可以去大溪地，任何船隻到得了的地方。我們可以四生丁、三生丁、兩生丁、一生丁賣出，總共有四個可能賣出的價錢，我們兩個一起將它賣掉。來吧！我的奇威！親吻我，不要再擔心了！有我科庫雅保護你！」

「妳真是上帝賜給我的禮物啊！我不認為上帝會因為我想得到這麼好的妳而懲罰我！那麼，就照妳的話做吧！隨妳帶我到哪兒，我將生命和救贖的機會交到妳手上。」奇威泣訴。

第二天一早，科庫雅正在張羅出發事宜。她拿出奇威出航時攜帶的箱子；首先，她將瓶子放在箱子的角落，然後再放入最昂貴的衣服和屋裡最貴重精緻的小擺設。「因為，」她說：「我們要讓自己看起來就是有錢人的樣子，不然誰會相信這瓶子？」

在她準備行李的時候，她的樣子就像一隻快樂的小鳥；只有當她看著奇威時，眼中才會閃爍著淚光，然後她會放下手上的工作奔去親吻他。至於奇威，說出了祕密，現在他心裡的負擔減輕，眼前又重現一絲希望，他看來就像重生一般，腳步變得輕快，呼吸也變得順暢了。可是，他的眉間還流露著恐懼的陰影，就像風吹熄了燭火似的，他的希望再次消失，他又看見翻滾的火焰，以及地獄燃燒的熊熊烈火。

他們愉快地離開村裡，出發到美國大陸的消息在鄉里間傳開來，雖然大家都覺得很奇怪，但真相絕對遠比他們能猜到的更奇怪，要是他們猜得到的話。於是，他們搭乘「大堂號」到火奴魯魯，之後再轉乘「尤馬蒂拉號」到舊金山，同行的還有一群白人。然後，在舊金山搭乘郵輪「熱帶鳥號」到巴比提，是法國在南方島嶼大溪地的重要屬地。那天風和日麗，在信風[4]的吹拂下，經過了一段愉快的旅程，最後終於看到海浪拍擊著的礁石，還有長滿棕櫚樹的莫提提，以及岸邊的多桅縱帆船；鎮上的白色房子，沿著海岸低低地散布在綠蔭之間，房子上面是綿延的山嶺和屬於大溪地——智慧之島的雲朵。

幾經考慮，他們認為租房子應該是最明智的方式，於是他們在英國領事館對面租了一間房子，以展示財力，並刻意以馬車和駿馬誇耀自己的地位。只要魔瓶在手，要達到這些簡直易如反掌；何況，科庫雅比奇威更大膽，只要她心血來潮便隨時召喚魔瓶精靈，立刻擁有二十塊、一百塊可供使用。他們很快成為鎮上眾人皆知的人物，不論是他們來自夏威夷的身分、騎乘的馬匹與駕駛的馬車、甚至科庫雅穿的精美荷樂庫長禮服和高級蕾絲，都成為鎮上居民茶餘飯後的話題。

首次接觸大溪地語的他們很容易上手，因為與夏威夷語頗為類似，只要改變其中某些字母，很快地，他們說得極為流利，於是開始推銷那只魔瓶。各位讀者可能也想到這種東西推銷起來頗為不易；其中最不易說服他人處在於，既然魔瓶可以為人帶來用之不竭的健康與財富，為何還要如此迫切地以四生丁這樣低廉的價格脫手。

此外，他們還必須解釋魔瓶的危險之處，通常人們不是不相信整件事、一笑置之，不然就是會因為考慮到陰暗的那一面，態度因而變得恐懼，對奇威和科庫雅兩人退避三舍，因為他們可是與魔鬼打過交道的人。因此，事情不但毫無進展，他們反而開始覺得自己成為鎮裡人人避之唯恐不及的對象。最令科庫雅無法承受的是孩童看到他們時竟然尖叫跑開；天主教徒見到他們便會在胸前劃上十字，所有鎮民似乎有志一同地在見到他們趨前時立刻走避。

他們感到無比沮喪。經過一整天奔波勞累後，他們整晚坐在新屋裡，默然毫無交談；再不然就是被科庫雅突然的哭聲劃破這寂靜之夜。有時，他們會一起祈禱；有時他們會將魔瓶拿出來放在地上，整晚坐著端詳瓶裡晃動的黑影。這種時候，他們都不敢上床休息。睡意總是很久才會降臨，即使其中有誰不小心睡著，往往也會被另一人暗夜哭聲所吵醒；或者，當有誰獨自醒來時，卻發現另一人已經離開屋子到街坊鄰居那兒推銷魔瓶、或是在香蕉園下踱步，抑或在月光中、沙灘上漫無目標地閒晃。

一天晚上，科庫雅醒來，發現奇威已經不在了。她感覺奇威睡的位置已經冰冷。恐懼籠罩著她，她坐在床上。一點月光篩進百葉窗裡，房裡透著光，因此她能看到地板上的瓶子。窗外狂風呼嘯，路旁的大樹颯颯狂響，落葉在走廊上翻飛。此時科庫雅察覺到另一種聲響；她分不清是野獸還是人聲，但那如同死亡般的悲鳴，穿透她的靈魂。她緩緩起身，推開房門，趨前探看外頭被月光照亮的前院。她看見在香蕉樹下躺臥的奇威，他的嘴埋在土裡，倒臥著、痛苦呻吟著。

科庫雅的第一個念頭是趕緊衝上前去安慰他，但轉念一想，她停下腳步。奇威為了在妻子面前扮演一個勇敢的丈夫已經疲憊不堪，如果在這時偶爾脆弱的時刻闖入無異羞辱了他。想到這裡，她轉身進屋。

「天啊！我怎麼那麼粗心……我真是太沒用了！承受無盡折磨的人是他、不是我；靈魂受到詛咒的人是他、不是我。但他所做的一切都是為了我、為了一個不值得愛、對他又毫無幫助的人，但現在他卻必須飽受地獄之火的折磨。唉，甚至還得被地獄之火的煙霧燻染，倒臥在狂風與冰冷的月光下。我竟然這麼遲鈍，直到現在才驚覺自己該盡的義務，或者，我對機會視而不見。至少，現在的我要以充滿愛的雙手執起我的靈魂；現在的我向通往天堂的白色樓梯和等待我的親友們道再見。以愛償還，讓我付出與奇威相等的愛！以靈魂相報，讓我的靈魂犧牲吧！」

科庫雅很快著裝完畢。她拿起了那些零錢——他們保留的珍貴的生丁；這些硬幣有些舊了，因為它們曾是政府的預備金。當她出門走到大街上時，風突然颳起了雲朵，遮蓋了月亮。小鎮沉睡著，她不知道該往哪兒走，終於，她聽到了從黑暗的樹蔭下傳來的咳嗽聲。

科庫雅說：「老先生，您怎麼這麼冷的晚上還在外面？」

老先生仍不停咳嗽，無法回答她的話，但科庫雅猜得出來這位老先生既老又窮，而且來自外地。

科庫雅接著說：「您可以幫我一個忙嗎？就像陌生人彼此相助、年長者幫助少女一樣，您可以幫助夏威夷的子民嗎？」

「啊！原來妳是八島的女巫，就連我這老邁的靈魂妳都不願放過。不過我聽說過妳，不怕妳邪惡的力量。」老人說道。

「請您坐下，讓我告訴您一個故事。」然後，科庫雅將奇威的故事從頭到尾娓娓道來。

「我就是故事主人翁的妻子，是他用靈魂換來的。我該怎麼做呢？如果我自己跑到他面前向他買那只瓶子，他一定會拒絕我的。但若您老人家前去，他一定會急著脫手；我會在這兒等您，請您用四生丁買下它，然後我會再用三生丁向您買回。上帝幫助我這可憐人！」

「如果妳說的不是真的，上帝會將妳劈死。」老人說。

「會的！」科庫雅哭著說：「最好確定祂會這麼做。因為我竟如此不忠，上帝不會原諒我的。」

「把錢給我吧，在這裡等著。」老人說。

現在，科庫雅獨自站在街頭，她的靈魂卻已死去。風在樹梢呼嘯，颯颯的風聲在她聽來像極了地獄之火熾烈燃燒的聲響；被街燈投射在地上的陰影，就像四處亂抓的惡魔之手。如果她還存有一絲氣力，她一定會跑開；如果她還存有一絲氣息，她也一定會尖叫出聲。但事實上，她什麼也做不到，只能渾身顫抖著佇立在街頭，像個驚弓之鳥。

終於，她看到老人回來了，手上還拿著那只魔瓶。

「我已經幫妳買下來了。」他說：「妳先生哭得像一個小孩一樣；今晚他應該可以睡個好覺了。」然後他將瓶子往前遞出。

科庫雅說：

「在你將瓶子賣給我之前，你可以利用魔瓶拿到一些好處，讓它滿足你任何願望。」

「我已經老了。」老人說：「一腳踏進墳墓裡，從這惡魔身上拿不到什麼好處了。不過，妳是怎麼了？為什麼不將這瓶子拿走？妳猶豫了嗎？」

「我不是猶豫！」科庫雅哭著說：「我只是軟弱。再給我一些時間。我的手不自主地拒絕、我的身體排斥這邪惡的東西。再一下就好！」

老人和藹地望著科庫雅。「可憐的孩子！妳在害怕，妳的靈魂讓妳憂慮不安。好吧！我就留著它吧！我已經垂垂老矣，世上已經沒有什麼可以讓我開心了，至於接下來……」

「給我！」科庫雅倒抽了一口氣說：「這是您的錢。您真以為我會那麼卑鄙嗎？將瓶子給我。」

「上帝保佑妳，孩子。」老人說。

於是科庫雅將瓶子藏在荷樂庫長禮服底下，向老人道再見，沿著大道走。她已經沒什麼好在乎了。所有的道路在她看來都是一樣，全部通往地獄。她時走、時跑、有時在黑夜中大聲吶喊，有時卻躺臥在路旁的沙塵裡啜泣。她想起所有關於地獄的傳言；她看見烈火狂燒、甚至聞到煙硝味，她的肉體因地獄之火而憔悴。

一直到將近天明，她才恢復神智，回到自己的家裡。就像那位老人說的，奇威睡得如嬰孩一般香甜。科庫雅站在他的身邊望著他的臉。

「現在，我親愛的丈夫，現在該輪到你安睡了。當你醒來後，就該輪到你歡唱談笑。但可憐的科庫雅啊！可憐的科庫雅不管生在世上，或死後上天堂，都將不再安睡、不再歌唱、不再歡喜。」

於是她上了床，躺在奇威身邊，痛苦與不幸反而讓她立刻跌入夢鄉。

第二天近中午時分，她的先生喚醒她、告訴了她這個好消息。他的模樣開心到簡直愚蠢，因為他竟然對她的憂傷，努力掩飾的痛苦毫無所知。她一個字也說不出來，不過這無所謂，因為說話的人是奇威。她食不下嚥，但有誰注意到呢？因為奇威將盤中的食物一掃而空。科庫雅看著他、聽著他，覺得他就像夢裡某個奇怪的物體；有時她忘了掩飾或有所懷疑時，便會情不自禁地以手撐額、皺眉沉思；因為她知道自己已萬劫不復，又聽到自己的丈夫在一旁嘀咕，深感怪異。

至於奇威，他一直不斷吃東西、說話、安排回家後的計畫，感謝她拯救了他，寵愛著她、說她才是真正的貴人。還不忘嘲笑那位買下瓶子的老人，說他真是太愚蠢了。奇威說：「看起來還滿有來頭的一個老人，不過，不能以貌取人。那個老東西要瓶子幹嘛呢？」

科庫雅謙遜地說：「我的丈夫，他或許是出於一片善意。」

奇威笑起來的樣子像生氣一般。

「胡說！」奇威大聲說著：「我告訴妳，他根本就是個流氓，而且還是個老蠢驢。四生丁的價錢已經不容易賣了，三生丁更是不可能的事。利潤不高，那東西又已經開始散發出焦味了！嗯！」他邊說邊發抖。「沒錯，當我在還不知道還有更小的幣值時，我是以美金一分錢買下來。我是個自作孽的笨蛋，再也找不到第二個了；現在買到那瓶子的人得帶著它一起下地獄了。」

科庫雅說：「喔！我的丈夫啊！將自己的救贖建築在別人永世的苦難上，難道不是一件可怕的事嗎？我笑不出來。我會更謙虛地面對，我一定會終日鬱鬱寡歡，我會為那可憐人祈禱。」

奇威因為也體會到她說的才是真理，反而惱羞成怒，大聲喝道：

「一派胡言！如果妳想愁眉苦臉就愁眉苦臉好了。但這不是一個做妻子該有的態度。如果妳還想到我，那麼妳應該坐著好好反省反省！」

於是他負氣外出，留下科庫雅一人。

她有機會以兩生丁的價錢賣掉那只瓶子嗎？沒有，她想。就算她有，在這個她丈夫急著要她過來的地方，並沒有比一分錢更小的幣值。而且這個地方，在她悼念自己所做的犧牲的同時，她的丈夫卻離開她、責怪她。

她甚至連利用瓶子得到些什麼好處都不願意，只是呆坐在屋裡，拿出瓶子來，無比恐懼地看著它，一會兒，又無比嫌惡地將瓶子藏在視線不及處。

終於，奇威回來了，想帶她出去兜兜風。

「我的丈夫，我病了。我沒有辦法，很抱歉，我實在無心玩樂。」

這下奇威可說是憤怒極了。一來氣她，因為他認為她還在為那個買了瓶子的老人難過；二來氣自己，因為他其實也認為她才是對的，對自己竟然如此開心而感到羞恥。

「這就是妳所謂的真理。」奇威大聲說道：「這就是妳對我的愛！妳的丈夫才剛從萬劫不復中脫身，但是當他想尋求妳的關愛時，妳竟說妳無心享樂！科庫雅，妳是個不忠的妻子！」

奇威怒氣沖沖揚長而去，整日在城裡漫無目的閒蕩。他遇到一些朋友，就與他們一同飲酒作樂；他們還雇用了一輛馬車駛進鄉村裡，繼續狂飲。但是，奇威一直感到不安，因為當他把酒狂歡的同時，他的妻子卻在家裡獨自悲傷，而他心裡也知道她說的才是正確；想到這些，反而讓他喝個爛醉。

現在與奇威一起飲酒的有一個粗魯的白人，那人曾是某艘捕鯨船的舵手，同時也是一個逃犯、礦工、監獄裡的罪犯。他的思想低級、談吐齷齪、總喜歡喝個酩酊大醉，還將其他人也灌醉。他不斷與奇威乾杯，很快的，這群人喝光了身上所有的錢。

「你，過來！」那舵手對奇威說：「你一直說自己多有錢，還說你有個什麼笨瓶子之類的。」

「沒錯。我是有錢。等我回家跟老婆拿一些錢來，錢都是她在保管的。」奇威說。

「這不是個好主意啊，兄弟！」舵手又說：「永遠不要把錢交給女人。她們都像水一樣愛騙人，你要好好看住她。」

這下子，奇威的心突然一震；他剛剛喝的酒已經讓他的頭腦不清楚了。

「真的，我早該想到她是騙子。要不然她看我擺脫那瓶子之後為什麼還那麼沮喪？不過，我一定要讓她瞧瞧我可不是省油的燈，我要當場活逮她。」

因此，當他們一行人回城後，奇威要那個舵手在街角的拘留所旁邊等他，然後獨自一人沿著大道趕回家門口。夜晚再度降臨，屋內有盞燈光，但杳無人聲。奇威在屋外躡手躡腳，輕輕打開門，往屋裡瞧。

他看到科庫雅坐在地板上，旁邊點了一盞燈，在她眼前，放的正是那只奶白色、圓身長頸的瓶子，當她看著瓶子時，科庫雅兩手緊握。

有好長一段時間，奇威只是呆呆站在門口望著門裡發生的一切。一開始，他簡直被嚇傻了，然後恐懼開始降臨在他身上，以為上次那筆交易出了什麼差錯，使得那只瓶子又回到他身邊，就像第一次在舊金山那樣。想到這兒他的腿都軟了，剛剛喝酒的醉意就像清晨時分小溪上的霧氣一樣飄散無蹤。但後來，他又想到另一個可能性；而這想法讓他不禁面紅耳赤燒灼了起來。

「我一定要去確定一下。」他想。

於是他偷偷關上門，悄悄走回房子的角落，但這次故意弄得很大聲，好像他才剛剛回來一樣。瞧！這次他打開大門，已經看不到那瓶子了；科庫雅坐在椅子上突然抬起頭來看他，好像才剛從睡夢中被吵醒一樣。

奇威說：「我今天一整天都在外頭喝酒。我與一些好哥兒們在一起，現在我回來拿一些錢，等一下就要再回去與他們一起喝酒狂歡了。」

但他的表情和說話的口氣卻像審判時一樣僵硬，只是科庫雅因為心煩意亂毫不注意。

「你愛怎麼用就怎麼用，我的丈夫。」她的聲音顫抖。

「喔！我要幹嘛都可以。」奇威說道，便直接走到櫃子那兒拿錢。可是，他注意到櫃子角落他們用來放瓶子的地方，現在空無一物。

一看到這裡，眼前的木櫃像是海浪般捲起、整個房子像一圈煙霧般天旋地轉團團圍繞他，因為他看到自己已經失去方向、已經無路可退。「這就是我害怕的，買的人果然是她。」

然後，他好不容易恢復神智，站起身來；但冷汗從臉上冒出如雨下、如冰般冷冽。

「科庫雅，我今天對妳說了一些難聽的話，可是現在我與那些朋友一起回來拿錢。」然後，奇威安靜地笑了一笑，又說：「如果妳願意原諒我的話，今晚我才能喝個痛快。」

她緊緊抱著他的膝蓋好一會兒，淚流滿面地親吻著他的膝蓋。

「喔！」她哭著說：「我只不過要一句關愛的話。」

「讓我們再也不要誤解對方了。」奇威說罷，便走出了屋子。

現在，奇威帶出來的錢只有他們回來時放在家裡的那些生丁。很肯定的是現在的他已經無心飲酒作樂了。他的妻子為了他獻出自己的靈魂，他也要為她犧牲自己的；他一心一意，只有這麼一個念頭。

在街角、舊拘留所的旁邊，那個舵手還在等他。

「我太太買了那個瓶子。」奇威說：「現在，除非你願意幫我找出那個瓶子，否則今晚不會有錢、也不會有酒喝的。」

「你該不是要說那瓶子是真的吧？」舵手大聲問著。

「就著這盞路燈，我看起來像在開玩笑嗎？」

「那倒是。」舵手說：「你看起來像鬼一樣認真。」

奇威又說：「是囉！那麼，這裡有兩生丁。你一定要去我家找我妻子，以這些錢向她買下那只瓶子，我想（如果沒猜錯的話）她一定會馬上賣給你。然後將瓶子帶來我這兒，我會再以一生丁向你買回瓶子；因為這就是買賣瓶子的規定，轉手賣出的價格一定要低於買價。不過，不管你怎麼做，千萬不要露出一點口風，讓她知道你是我派去的。」

「兄弟，你是不是在開我玩笑啊？」舵手問。

「就算是，對你也沒什麼壞處。」奇威回答。

「那倒是，兄弟。」舵手說。

「如果你懷疑我的話，你可以自己試一試。等到你一離開那個房子，就向瓶子許願你有滿口袋的錢，或是一瓶上好的蘭姆酒，或是任何你想要的東西，這樣你就可以親眼見識這瓶子的厲害了。」

「很好，肯納卡人。」舵手說：「我會試的。但是如果你是在愚弄我，我一定會以牙還牙的。」

於是那個捕鯨人朝著大道出發了，奇威站在街角等候他的消息。那地方正巧也就是科庫雅前晚等候老人的同一地點，但奇威卻更有決心，定下目標絕不動搖；只是他的靈魂因絕望而更顯苦澀。

感覺上他好像等了好久才聽到黑暗的大道上傳來歌聲。他認得這個聲音就是那舵手的；但奇怪的是那聲音聽起來怎麼會突然醉得這麼厲害。

然後，那男人終於走進街燈所及的光線下。他口袋裡放著那魔鬼的瓶子，手上則拿著另一支瓶子；當他進入視線範圍內還舉起瓶子送進嘴裡喝了起來。

「你拿到了，我看得出來。」奇威說。

「把手拿開。」舵手邊喊邊跳到一旁。「你如果敢再靠近我一步，就得吃一記我的拳頭。你以為你可以贏得了我嗎？」

「你這是什麼意思？」奇威大聲問道。

「什麼意思？」舵手也大聲回答：「這瓶子簡直太棒了！這個瓶子，這就是我的意思。雖然我不懂為什麼我用兩生丁就可以買到，但是我可以保證你用一生丁絕對買不到。」

「你的意思是你不賣了？」奇威訝異極了。

「不賣，這位先生！」舵手大聲喊：「不過我可以讓你喝一點蘭姆酒，如果你要的話。」

「我跟你說，最後拿到瓶子的人是要下地獄的。」

「我知道我要去哪裡。」舵手回答：「這瓶子是我遇到最好的陪葬品。不賣，先生！」他又大呼小叫說著：「現在瓶子是我的，你可以去找別人了。」

「你是說真的嗎？」奇威疑問地喊道：「為了你自己，我求你，將瓶子賣給我！」

「我不管你到底在說什麼，你以為我是笨蛋，現在你知道我不是了，事情到此為止。

如果你不喝一口蘭姆酒，那麼我自己喝。祝你健康，晚安！」

說完舵手便沿著大道走回城裡，魔瓶的故事也終於告一段落。

奇威像風一般開心地奔向科庫雅，那天晚上他們無比歡欣；而且最棒的是，從此以後他們便在「陽光之屋」過著平安快樂的日子了。

---

1 Pint，是英美等國家常用的容量單位。一品脫等於四百七十三毫升。

2 Holoku，夏威夷語，意指一種高領長袖而寬鬆的長禮服，為教導習慣半裸的原住民婦女學習文明禮儀，玻里尼西亞傳教士推廣的一種服裝，玻里尼西亞島嶼群大溪地稱作 Mother Hubbard dress。另有類似的設計是現在夏威夷較常見的 Muumuu(姆姆服)。

3 痲瘋。

4 Trade Wind，又叫貿易風，指每年固定出現，低空從副熱帶高壓吹向赤道低氣壓帶的風。

猴掌
The Monkey's Paw

威廉．懷馬克．雅各
William Wymark Jacobs

1863 — 1943 年

威廉．懷馬克．雅各，英國恐怖、懸疑小說作家。代表作〈猴掌〉於一九〇二年出版，內容講述三個願望的故事，一開始先以平靜的家庭生活作為故事的開端，但結局的安排卻令人毛骨悚然，有如古老神話般引人入勝。

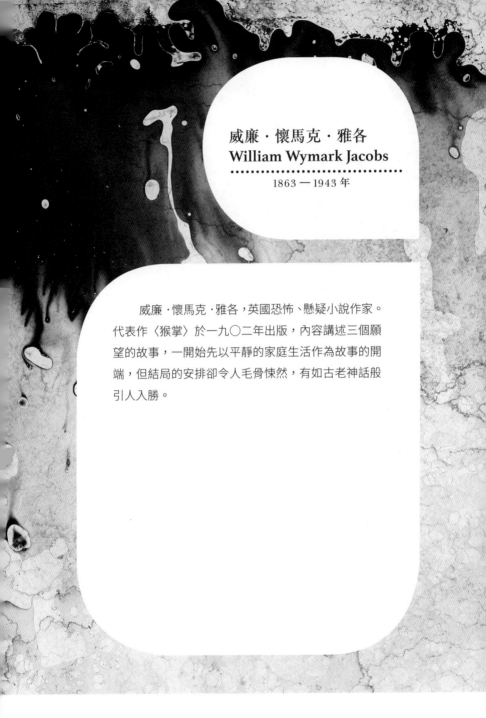

儘管這個晚上又溼又冷，但拉布蘭別墅的小客廳裡，所有的窗簾都被放下，還有柴火燒得旺亮的火爐，一點也不覺得冷。父親與兒子正在下棋，父親原本會贏，卻沒想到誤將國王棋子放到致命的險境，讓整盤棋起了不同的變化，連坐在火爐旁安靜織著毛衣的白髮老奶奶都忍不住發表意見。

「你們聽這風聲。」懷特先生發現下錯一步棋，企圖轉移兒子的注意力，但為時已晚。

「我在聽，」兒子賀伯特一面回答，一面冷靜審視棋盤，然後出棋喊出：「將軍！」

「我沒想到他今晚會來。」父親道，手卻故意放在棋盤上。

「將軍！」兒子說。

「這真是有史以來最糟糕的生活。」懷特先生異常憤怒地咆哮：「我們住的地方比任何汙穢、泥濘、偏僻處還糟，人行道窒礙難行、馬路上車流魚貫，真不知道那些人在想什麼，我想，他們可能認為這條路只有兩間房子出租，才不在意吧！」

「別介意，親愛的。」懷特太太安慰他說：「下一盤棋你就會贏了！」

懷特先生瞥了一眼，瞧見妻兒交會了一個會心的眼神，頓時語塞，灰白鬍鬚遮住他

臉上一抹尷尬的笑容。

「他來了！」門外傳來一陣沉重的腳步聲，接著大門砰然作響時，賀伯特立刻叫道。

懷特先生急忙起身招呼客人，他打開門，站在門口與客人寒暄起來，懷特太太不由得發出「呵呵」一聲提醒，優雅地輕咳幾聲。在丈夫身後跟著進屋的，是一位高大魁梧、有著晶亮如珠雙眼、面色紅潤的男士。

「莫利斯總士官長。」懷特先生替彼此引見。

莫利斯和兩位懷特家人握手致意，然後坐在火爐旁空出的座位，滿足地看著主人拿白蘭地酒和酒杯，並且在火爐上架起一個小銅壺。

第三杯酒下肚後，莫利斯的雙眼發亮，寬闊的肩膀倚在座椅上，開始許多關於戰爭、瘟疫、異族、蠻荒景象與豐偉功績。這個小家庭的成員全圍坐他身旁，對這位遠道而來的訪客充滿好奇心。

「已經二十一年了，」懷特先生對妻兒點頭道：「莫利斯離開時，還只是個在倉庫工作、年輕瘦弱的小伙子，現在你看看他的模樣。」

「他看起來不像受過重創。」懷特太太客氣回道。

「我也好想去印度，」懷特先生羨慕說著：「你們也知道，就是想四處看看。」

「你去哪兒都好。」莫利斯搖頭道，隨即輕嘆一口氣，放下空杯，再次搖搖頭。

「我想看看那些古老廟宇、化緣的僧侶、還有雜耍藝人。」懷特先生興奮地說道：「莫利斯，你那天提到的猴掌是怎麼回事？」

「沒什麼，」莫利斯倉促答說：「那沒什麼好說的！」

「猴掌？」懷特太太好奇地問道。

「只是某個可以稱為巫術的東西罷了！」莫利斯隨口答道，但三位聽眾卻更感興趣地往前靠攏，莫利斯茫然地將空杯湊近嘴巴後又放下，主人再度為他斟滿酒。

「你們看，」莫利斯在口袋裡摸索一番，然後說道：「只不過是一個普通的小猴掌，像乾癟的木乃伊。」

莫利斯將口袋裡的東西展示給眾人看，懷特太太一臉嫌惡地縮回身子，但賀伯特卻好奇地拿起來檢視。

「這東西有什麼特別嗎？」懷特先生從兒子手裡接過猴掌，檢視後放回桌上問道。

「有位老僧人在上頭施了一些咒語。」莫利斯神情肅穆地說：「他是一位聖者，想讓世人知道命運天定，抗拒天意的人將痛苦不堪，所以在猴掌上施了符咒，可以讓三個人各許三個願望。」

莫利斯說話的神情十分嚴肅，讓三位聽眾意識到自己不該如此輕蔑訕笑。

「既然這樣，你為何不許願？」賀伯特機靈地問。

「我許了。」莫利斯看著賀伯特的眼神就像中年人端視著自以為是的青少年，一張黝黑的臉竟有些慘白，細聲道。

「你的三個願望，真的實現了嗎？」懷特太太好奇地問。

「是的。」莫利斯驚駭道，杯子還撞到自己堅硬的牙齒。

「還有別人許過願嗎？」懷特太太繼續追問。

「有，第一個人得到三個願望，我不知道他前兩個願望是什麼，但他的第三個願望是死亡，這也是我之所以拿到猴掌的原因。」莫利斯的口氣非常嚴肅，語畢所有人默然。

「假如你已經得到三個願望，那猴掌對你來說就沒什麼用處了。」懷特先生最後問道：「你還留著它做什麼？」

「我想是因為幻想，」莫利斯搖搖頭，娓娓道來。「我確實想過要賣掉它，不過我不會這麼做，因為它已經造成很多麻煩，而且別人也不會想買，他們會認為這只是神話，至於會考慮的人，也會想先試試看靈不靈驗，然後才付錢。」

「如果你可以再許三個願望，」懷特先生灼熱的目光注視他，問道：「你會願意嗎？」

「我不知道，我真的不知道。」莫利斯拿起猴掌，夾在食指和拇指中間搖晃著，突然將它丟進火裡，懷特先生見狀驚呼一聲，立即彎腰攫取。

「最好燒掉它。」莫利斯神情肅然地說。

「莫利斯，如果你不要，」懷特先生不捨地說：「那就給我吧！」

「我不要，」莫利斯十分堅持。「我已經將它丟進火裡，如果你堅持要留下，日後

發生什麼事都不要怪我，理智一點，將它丟回火裡。」

「要如何許願？」懷特先生搖頭，仔細端詳新戰利品。

「右手抓住它，大聲說出願望。」莫利斯緊張地說：「可是我警告你，會有可怕的後果。」

「聽起來像《天方夜譚》，」懷特太太起身準備晚餐，開口道：「你要不要許願有四雙手可以幫我？」

見懷特先生拿起許願猴掌，莫利斯突然一臉驚慌，緊緊抓住他的手臂，全家人不禁大笑起來。

「如果你一定要許願，」莫利斯粗啞地說：「許一些有意義的願。」

懷特先生將猴掌放回口袋裡，排好座椅，示意莫利斯入座。用餐時，大家似乎忘了許願法寶的存在，著迷地聽著莫利斯講述印度冒險的第二個故事。

賀伯特送走客人，讓他趕搭最後一班列車後，關上門說道：「如果猴掌的故事沒有比莫利斯講的其他故事真實，我們也得不到什麼好處。」

「親愛的，你有給莫利斯酬勞嗎？」懷特太太盯著丈夫問。

「只給了一點點，」懷特先生清清喉嚨道：「莫利斯不想要，不過我還是讓他收下，他還是要我丟掉那東西。」

賀伯特故意裝出害怕的模樣說道：「我想也是，不過，我們就要發財、出名、要幸福了！爸，不如一開始，就許願自己變成國王，這樣你就不用怕老婆。」

說完後，他趕忙繞著餐桌轉圈圈，因為懷特太太正拿著椅罩當武器在他身後追打著。

「我不知道要許什麼願，不知道那些話是不是事實。」懷特先生從口袋裡拿出猴掌，狐疑地盯著它，然後徐徐說道：「它似乎意謂著我能得到所有的東西。」

「爸，如果能讓房子變得潔淨，您也會很開心，不是嗎？」賀伯特搭著父親的肩膀說：「這樣吧！就許要兩百英鎊好了，看它是否靈驗。」

懷特先生尷尬地笑著拿出許願法寶，賀伯特則一臉正經地坐在鋼琴前，邊彈奏動聽的旋律，邊與母親擠眉弄眼。

「我希望擁有兩百英鎊。」懷特先生清楚地說出願望。

突然，優美的鋼琴聲因為懷特先生的哀嚎聲而中斷，懷特太太與賀伯特立即衝向前。

「它在動！」懷特先生瞟了掉在地板的噁心物體一眼，大叫：「剛剛許願時，它像蛇一樣在我手上扭動。」

「可是，我沒有看到錢啊！」賀伯特撿起猴掌放到桌上，說道：「我敢打賭我們永遠也拿不到。」

「親愛的，那一定是你的幻覺。」懷特太太擔心地回應著。

「算了，還好沒什麼損失，不過真的嚇了一大跳。」懷特先生搖搖頭，說道。

懷特先生與兒子叼著菸斗，一家人再度坐回火爐旁。門外的風比先前更大，樓上的門砰地一響，懷特先生再度受到驚嚇，一種異樣、沉悶的寂靜籠罩一家人，直到兩老起身回房休息。

「我期望你們會在床上撿到一大袋錢。搞不好會有可怕的東西蹲在衣櫥上，看你們數著那些不義之財！」道晚安時，賀伯特戲謔說著。

賀伯特獨自坐在黑暗裡，呆望著爐內的殘火，他看見火裡有很多張臉，最後一張臉很可怕、像猴子似的，他害怕地盯著它瞧，那張臉竟然愈來愈真實，還帶著一絲若隱若現的笑容。

賀伯特伸手摸索著裝水的玻璃杯，好潑熄火裡那張臉，卻只抓到猴掌，心裡有些發毛，顫慄地在衣服上擦了擦手，趕緊上床睡覺。

隔天一早，當冬陽暖暖灑在餐桌上時，賀伯特不禁對昨晚的恐懼感到好笑。屋內洋溢著不同於昨夜的一種尋常又平安的氣息，那只骯髒、乾癟的小猴掌仍擱在餐具櫃上，顯然沒有人相信它的魔力。

「所有的老兵都一樣，」懷特太太說道：「我們聽的都是一些鬼扯！這幾天真的會如願嗎？就算真的如願，兩百英鎊對你會有什麼傷害？老懷特先生。」

「也許會從天上掉下來，砸到他的頭。」賀伯特不正經地說笑。

「莫利斯說過，願望會在很自然的情況下實現，以至於你們會將它歸諸於巧合。」老懷特先生回答。

「好吧！在我回來前，別把錢獨吞了。」賀伯特從餐桌旁起身道：「我怕它會把你變成吝嗇、貪婪的老人，那我們就要與你斷絕關係囉！」

懷特太太笑不可遏地隨著賀伯特走到門邊，看著他上路後才轉身回到餐桌旁，開心

地拿丈夫的輕信當作笑柄。不過，這並沒有讓她忘記郵差敲門，於是趕忙去應門；發現寄來一張裁縫帳單，並順口打聽那位酗酒的士官長。

「我想，等賀伯特回來一定會說更多開心的事。」當他們準備享用晚餐時，懷特太太笑說。

「我想也是。」懷特先生為自己添了一些啤酒。「不過，我發誓，那東西真的在我手上動。」

「是你以為它在動。」懷特太太安撫。

「它真的在動！」懷特先生回嘴：「不是我自己想的，我只是……怎麼了？」

懷特太太沒搭腔，望著門外徘徊的奇怪男人，那人在門口窺視，猶豫著要不要進屋。懷特太太發現他穿著考究，甚至還戴著一頂光鮮亮麗的絲帽，心裡立刻聯想到那兩百英鎊。陌生人在門前來來回回走了三次，第四次終於將手放在門上，一鼓作氣打開門走進庭院的小徑。同時，懷特太太解開背後的圍裙帶子，匆促地將圍裙塞在椅墊下。

懷特太太將這位略感不安的陌生人帶進屋裡。當她在為家裡的凌亂及丈夫那件整理花園的專用外套道歉時，陌生人一心想著自己的事，還不時偷瞄她，懷特太太只好以身為女人的耐心，等待對方說明來意，但一開始他只是異常的沉默。

「我是『莫和麥金斯公司』派來通知你們的。」客人彎腰拍去褲子上的棉絮，開口道。

「發生什麼事？」懷特太太吃了一驚，屏氣問道：「是不是賀伯特出事了？他怎麼了？他怎麼了？」

「好了，親愛的。」這時懷特先生急忙插嘴：「先坐下，別急著下結論。先生，我相信你不會帶來壞消息吧！」他滿懷希望地看著對方。

「很遺憾……」客人說。

「他出事？」懷特太太慌張詢問。

「出了大事，不過他沒有任何痛苦！」客人低頭默認，鎮靜地說道。

「喔！感謝上帝！」懷特太太雙手交握說道：「為此，我感謝上帝！感謝……」

當懷特太太逐漸意會話裡不吉利的涵義時，頓時無法言語，她看見自己的擔憂在對方迴避的臉上得到證實。她感到窒息，轉向遲鈍的丈夫，將顫抖的手放在他手上，沉默許久。

「他被捲到機器裡。」客人最後低聲說道。

「捲到機器裡。」懷特先生茫然地重複客人的話。

「是的。」

懷特先生悵然若失地看著窗外，緊緊握住老伴的手，就像這四十年恩愛的習慣。

「他一個人離開我們了。」懷特先生鎮定地轉向客人說道：「這令人難以接受。」

客人咳了幾聲，起身緩緩走向窗邊。「公司要我向兩位的損失轉達真摯的遺憾。」他正視賀伯特的父母說：「希望兩位能了解我只是個小小的員工，只能奉命行事。」

懷特太太的臉色發白，雙眼發直，呼吸好像也停止；而懷特先生臉色看起來就像莫利斯第一次上戰場的模樣。

「我剛才是說，莫和麥金斯公司拒絕承擔所有責任。」客人繼續說：「他們否認任何責任義務，但考量令郎對公司的貢獻，他們願意提供一些金額作為補償。」

懷特先生放開妻子的手，從椅子上起身，驚懼地盯著客人，從乾裂的雙唇擠出幾個字。「多少？」

「兩百英鎊。」

懷特先生虛弱地微笑著，未察覺妻子的尖叫，像個盲人似地伸出手，又無力垂下，毫無知覺地讓一堆錢掉落在地。

在約兩英哩外的一座巨大新墳，兩老埋葬了他們的兒子，回到那棟矗立在寂靜與黑暗的屋子裡。一切來得太快，一開始他們還不相信是真的，還沉浸在某種期待，雖然已經有別的事情發生，但仍未減輕兩老內心所不能承受的重擔。

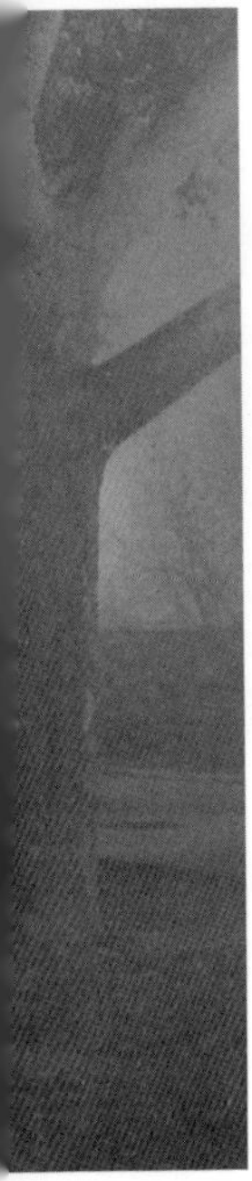

日子一天天過去，等待變成了放棄……老人絕望地認命，有時會被誤認為冷漠，有時候幾乎講不到一句話，因為現在已無話可聊，日子漫長而沉悶。

一個星期之後，懷特先生夜裡突然醒來，伸手摸索著，發現床上只剩自己。屋裡一片漆黑，窗邊傳來壓抑的啜泣聲，他從床上起身聆聽。

懷特先生溫柔地說：「回來吧，妳會著涼的。」

「我兒子更冷。」懷特太太說著又哭了。

啜泣聲漸漸在懷特先生耳邊消失，床很暖和，他的眼睛睏得張不開。他斷斷續續打著盹，直到妻子發出一聲可怕的尖叫，驚醒他。

「猴掌！」懷特太太瘋狂哭喊著：「那只猴掌！」

「在哪裡？它在哪裡？發生什麼事？」懷特先生驚慌地問道。

「我要它！」懷特太太踉蹌穿過房間。「你還沒將它毀了吧？」

「它在客廳的餐具櫃上，」懷特先生不解地問：「妳要做什麼？」

懷特太太又哭又笑地俯身親吻他的臉頰。

「我只是剛好想到它，」懷特太太歇斯底里地說：「為什麼我先前沒想到？為什麼你沒想到？」

「想到什麼？」懷特先生開口問道。

「另外兩個願望啊！」懷特太太飛快地回答：「我們才許一個而已。」

「一個還不夠嗎？」懷特先生憤怒道。

「不夠！」懷特太太大聲叫道：「我們要再許一個願望！快下樓將它拿上來，祈求讓兒子活過來！」

懷特先生從床上起身，四肢發抖地拉開床單，整個人嚇呆了。「老天啊！妳瘋了！」

「快去拿！」懷特太太喘著氣說：「快去拿，快許願……喔！我的兒子啊！我的兒子！」

懷特先生劃了一根火柴點燃蠟燭，不安地說：「回床上去！妳不知道自己在說什麼。」

「我們第一個願望實現了。」懷特太太狂熱地說：「為什麼不許第二個？」

「巧合罷了！」懷特先生結結巴巴地回答。

「拿過來許願！」懷特太太激動地發抖大叫。

懷特先生轉過身看她，顫抖地說：「他已經死了十天了，而且他……我不想告訴妳，而且……我只認得他的衣服。當時他的模樣對妳來說都太恐怖，何況是現在。」

「把他帶回來。」懷特太太哭喊著，將懷特先生拖到門口。「你以為我會怕自己一手帶大的孩子嗎？」

懷特先生在黑暗中下樓，摸索著走到客廳，再到壁爐旁。許願猴掌果然還在那兒！

一種極度的恐懼震撼著他，一想到那個未說出口的願望可能將他支離破碎的兒子帶到面前，就恨不得馬上逃出屋子。想著想著，他嚇得無法呼吸，發現自己找不到門口方向，額頭冷汗直冒。他發現自己正繞著桌子打轉，沿著牆壁摸索，直到發現自己正在樓梯走道上，手裡還拿著那個討厭的東西。

他進房時，發現妻子的臉孔已經有些改變；變得蒼白、充滿期待，以一種異乎尋常的眼光望著那東西，他有點怕她。

「許願！」懷特太太以堅決的口氣命令。

「這樣做很愚蠢、邪惡。」懷特先生膽怯地說。

「許願！」懷特太太再次命令道。

懷特先生舉起手說道：「我希望我兒子復活。」

許願猴掌掉到地面，懷特先生滿懷恐懼地看著它，渾身顫抖地跌進椅子裡，懷特太太雙眼滿懷熾熱希望地走到窗邊，拉起窗簾。

他一直坐著，直覺寒氣逼人，偶爾才看一下老伴不斷望著窗外的身影。蠟燭快燒完了，只剩末端在中式燭台邊緣燃燒，天花板和牆上投射出晃動的闇影，在閃過一簇較大的火焰後，完全熄滅。本著一種對猴掌法力失效無法言喻的寬慰感，懷特先生溜回被窩裡，一、二分鐘後，懷特太太也面無表情地沉默躺回他身邊。

兩人沒說話，靜靜躺著聆聽時鐘滴答的聲音。樓梯咯吱咯吱響、老鼠窸窣跑過牆角。黑夜真叫人難以忍受，躺了好一會兒，懷特先生終於鼓起勇氣，拿起火柴盒，劃亮了一根，再走到樓下拿蠟燭。

一走到樓梯邊，火柴熄滅了，他停下來劃亮另一根，就在這時，前門傳來一聲敲門聲，極輕微又隱密、幾乎讓人聽不見。

火柴從他手中掉到走道。懷特先生僵直不動，屏息傾聽，直到敲門聲又響起，他飛快逃回臥房，關上身後的門，但第三下敲門聲響徹了整間屋子。

「那是什麼？」懷特太太倏地爬起，尖叫道。

「老鼠。」懷特先生以顫抖的聲調說：「……一隻老鼠，剛剛下樓時從我身旁跑過。」

懷特太太坐在床上傾聽，一聲重重的敲門聲迴盪整間屋子。

「是賀伯特！」懷特太太尖叫：「是賀伯特！」

她跑向門口，但懷特先生已擋在前面，抓住她的手臂，緊緊握住。

「妳想做什麼？」懷特先生嘶啞地低問。

「那是我兒子，是賀伯特！」懷特太太機械式地反抗，哭道：「我都忘了那裡有兩英哩遠呢！你抓著我幹嘛？放開我，我要去開門。」

「看在老天的分上，不要讓他進來。」懷特先生顫抖地說。

「你竟然會怕自己的兒子。」懷特太太掙扎地說道：「放開我。我來了！賀伯特！我來了！」

門前傳來一下又一下的敲門聲。懷特太太突然用力掙脫，跑出房間。懷特先生追在身後，不斷懇求她，她卻急著衝下樓。懷特先生聽到鎖鏈發出嘎嘎的聲音，底栓正緩慢

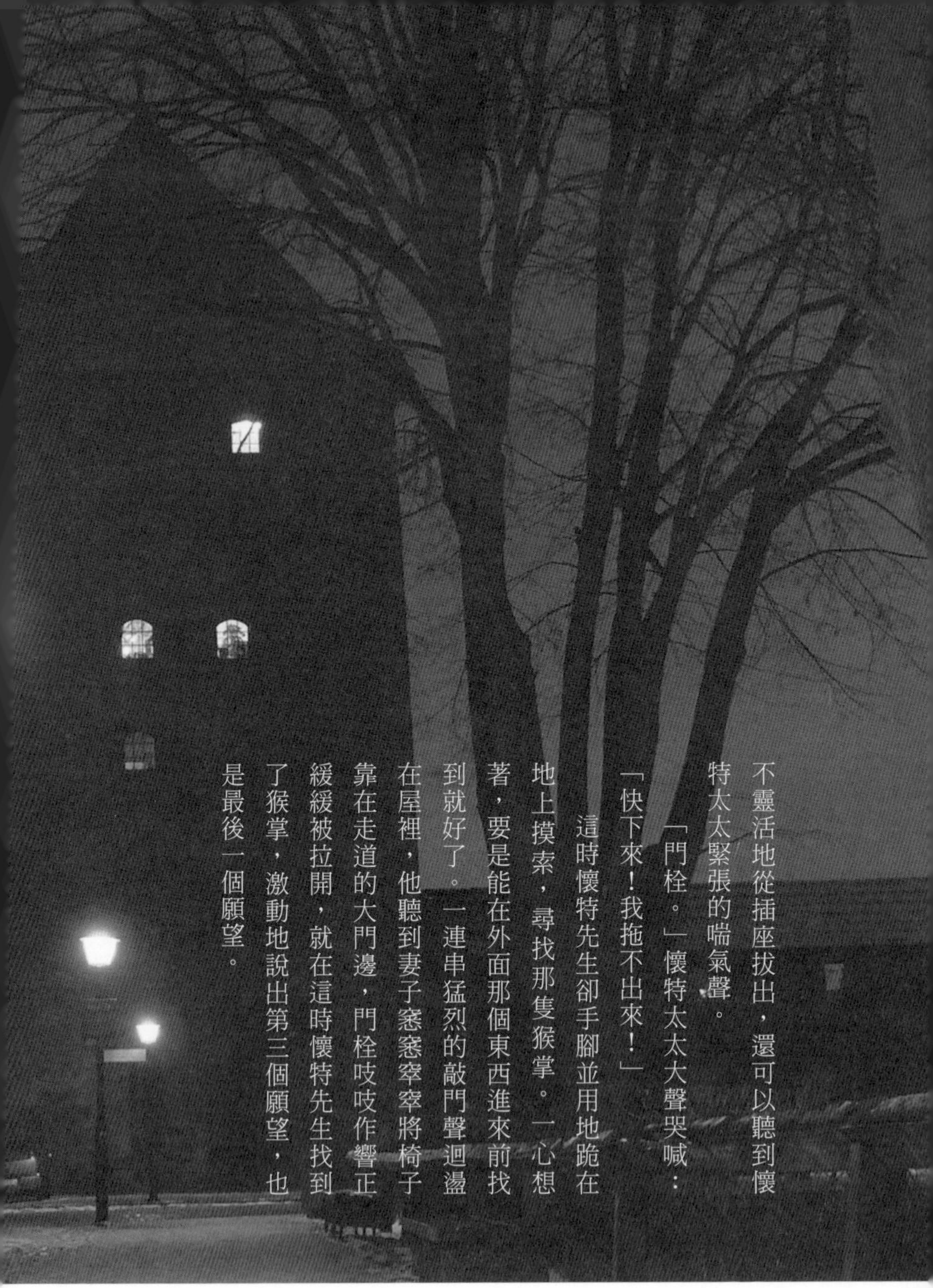

不靈活地從插座拔出，還可以聽到懷特太太緊張的喘氣聲。

「門栓。」懷特太太大聲哭喊：「快下來！我拖不出來！」

這時懷特先生卻手腳並用地跪在地上摸索，尋找那隻猴掌。一心想著，要是能在外面那個東西進來前找到就好了。一連串猛烈的敲門聲迴盪在屋裡，他聽到妻子窸窸窣窣將椅子靠在走道的大門邊，門栓吱吱作響正緩緩被拉開，就在這時懷特先生找到了猴掌，激動地說出第三個願望，也是最後一個願望。

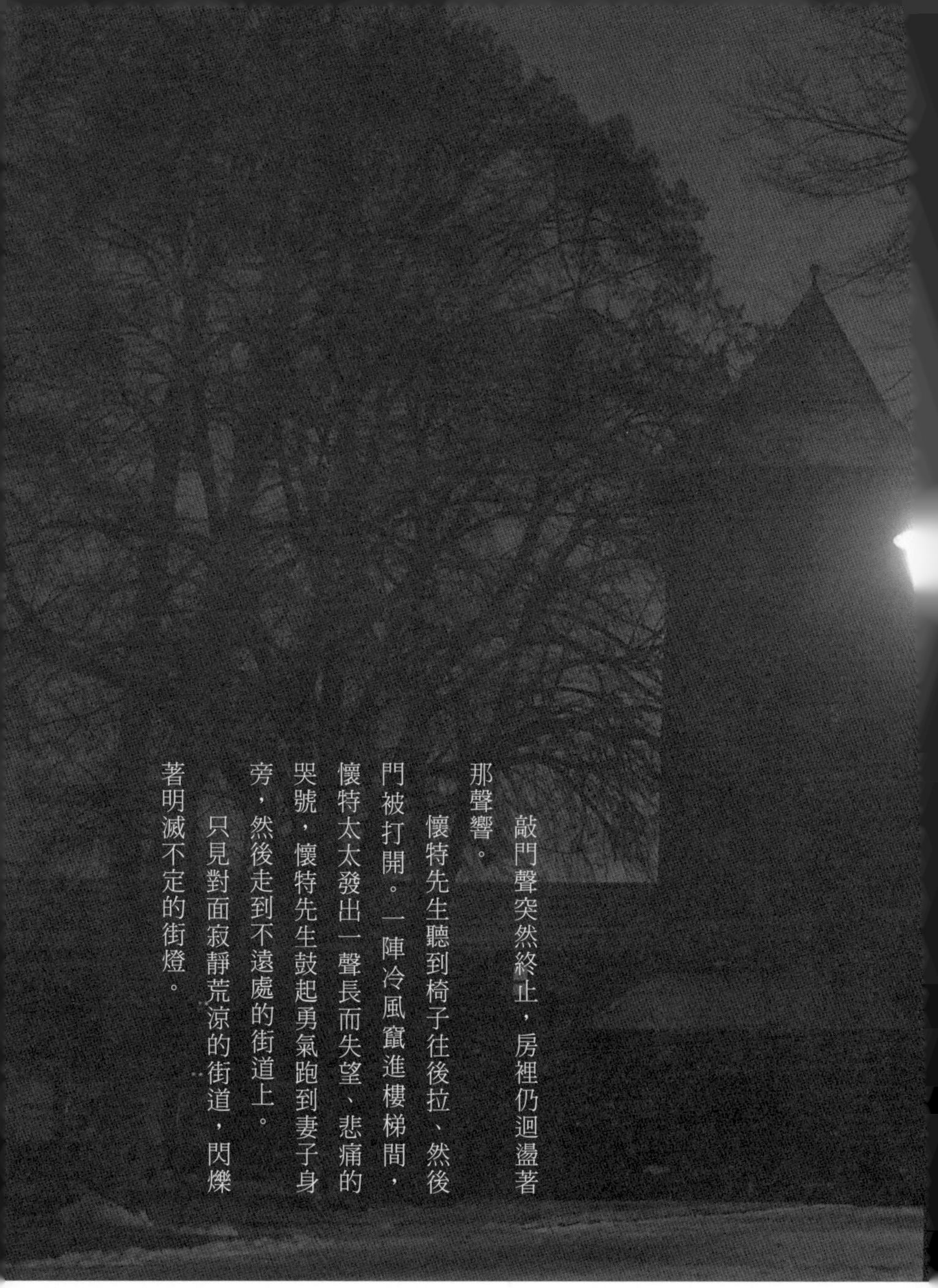

敲門聲突然終止，房裡仍迴盪著那聲響。

懷特先生聽到椅子往後拉、然後門被打開。一陣冷風竄進樓梯間，懷特太太發出一聲長而失望、悲痛的哭號，懷特先生鼓起勇氣跑到妻子身旁，然後走到不遠處的街道上。

只見對面寂靜荒涼的街道，閃爍著明滅不定的街燈。

盲眼國

The Country of the Blind

賀伯特・喬治・威爾斯
Herbert George Wells

1866 — 1946 年

賀伯特・喬治・威爾斯，英國科幻小說家，一八九五年出版《時光機》，被西方世界尊為「現代科幻之父」、「預知未來的人」。

威爾斯最為人熟知的是早期的科幻小說作品，但他同時也是一位社會思想家，在他的作品經常出現哲學性的主題，讓讀者在閱讀之際增廣經驗。這篇故事便是以逼真與令人顫慄的手法，重新詮釋古老的諺語：「在盲眼國，獨眼龍稱王」。

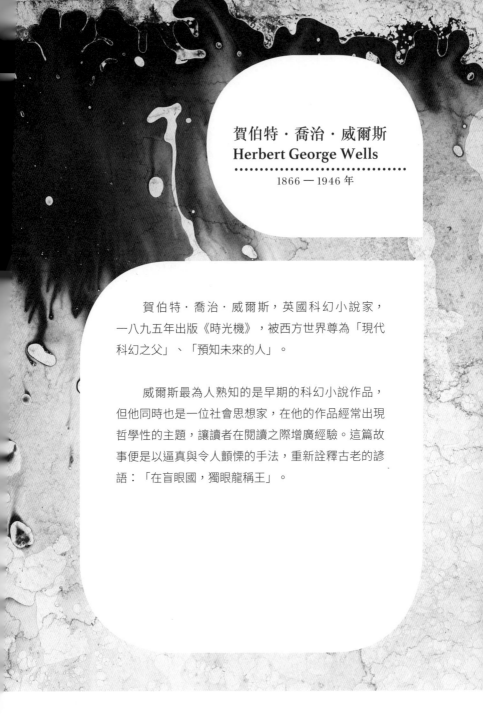

在厄瓜多安地斯山脈的荒野中，相隔欽博拉索山三百多英哩與終年積雪的科托帕希火山一百英哩處，有一個與世隔絕的神祕山谷部落——盲眼國。

很久以前，這個偏遠的山谷還能對外交通，一群為逃離西班牙暴政統治的祕魯混血家庭，穿過險峻峽谷、越過冰封隘口，來此定居。後來爆發駭人的「蠻多邦巴熱浪」，熱浪在基多一連肆虐了十七個夜晚，連雅瓜奇的河水都沸騰了，遍浮魚屍一直綿延到惠葉基。太平洋沿岸的山脈積雪融化成滾滾洪流，老奧羅卡山一整面山壁在轟隆隆的聲響下硬生生崩塌，阻斷山谷的對外交通，也杜絕了旅人往來之路。

在此同時，一位村民正好在峽谷的另一端，來不及返家，被迫忘記另一端的妻兒、朋友及留在那裡的一切，重新適應山下生活，雖然他很努力重新來過，但疾病、失明一一來襲，最後痛苦地死在礦坑裡。可是他所留下來的故事，至今仍是安地斯山科迪耶拉區不朽的傳奇。

這位村民冒險返回山谷的理由——是因為那裡是他孩提時代，帶著一大袋行李坐在駱馬上首次造訪的地方。他說，那個山谷是所有男人夢寐以求所在之地——有著甘美的水泉和牧草、溫和的氣候，豐沃棕土斜坡上，種滿結實纍纍的果樹。山谷一側是高聳入雲的松林；另一側則是高處被冰帽籠罩的灰綠色巨石，不過冰河並不會流往村落，而是往遠處另一個斜坡流去，巨冰只偶爾掉落在村莊旁。在這個山谷村落既不下雨也不下雪，但有豐富的湧泉藉以生長豐饒的牧草、灌溉全村，村民們過著安樂生活，飼養的牲畜也都平安成長、繁殖。

某天一件不幸的事破壞了村莊和樂的生活，因為村裡突然爆發一種怪病，所有在此地出生的小孩都變成瞎子，而他就是為了尋求對抗惡疾的靈符或解藥，才冒著疲憊及危險下峽谷，結果卻一去不返。

那時的人們不認為這是細菌或感染的緣故，直覺認為是罪孽引起的；所以他認為這些不幸的發生，都是因為非傳教士的移民沒有在一遷入村莊，立即設立聖壇所造成，因此他想在村裡設一個聖壇——一個莊嚴、簡單卻靈驗的聖壇。他想尋找類似聖跡具有信仰力量的物品，如賜福物、神祕勳章或祈禱物。在他皮夾裡有一塊銀礦石，但他卻不認為這可以作為聖物，而堅持村裡沒有任何物品可以作為聖物，但這樣的堅持就像不善撒謊的人所說的謊言那般牽強。

他聚集全村的錢財與裝飾品，認為山上不需要這些東西，打算以這些物品集資購買聖物以抵抗疾病。這位年輕卻眼神黯淡的山地人，有著黝黑的皮膚、骨瘦如柴卻面露焦慮的臉色，他從未曾經歷平地的生活，如何能在未昏倒之際，面對那些目光犀利、飽經世故的牧師而訴說原委。我們可以預測他可能的遭遇，首先要找到神聖又有效的治療聖物，接著還要越過先前那座險峻的峽谷。

這個可憐人接下來的不幸，令我混淆，更別說他在幾年後悲慘死去。這個可憐的遠方過客！他穿越峽谷溪流，現在已經變成岩縫噴出的水流，而他交代不清的故事，卻發展成一則至今口耳相傳的盲眼國傳奇。

在這個與世隔絕又被人遺忘的山谷村莊裡，怪疾如火如荼蔓延，老人得靠摸索才能前進，年輕人則視力銳減，至於小孩則一出生就是全盲。但生活在這個冰封的盆地裡卻是如此輕鬆、與世無爭，既無芒刺亦無荊棘，也無毒蟲侵擾，更沒有野獸偷襲放養在馬路邊的溫馴駱馬，山谷居民們視力的減退也因時間拉長而毫不自覺。他們拉著全盲的年輕人到處行走，直到他們摸熟整座山谷，因此即便最後一位有視力的人也撒手人寰之時，居民們仍可以正常生活，這些盲者甚至可以細心雕刻鍋子、烹煮食物。

起初的居民源於單純的種族，他們沒有書寫的文字，只稍微接觸過西班牙文明與傳

承於祕魯的傳統技藝和生活哲學。一代復一代，他們忘記許多事，也自創許多事，當初離開的世界現在已變成不確定的神祕之地，除了看不見，居民都相當強壯、能幹。這時，正好出現兩個人，一個具原創力，一個深具說服力的口才，在取得共同的啟發及共識後，他們將觀念傳承，在這兩人去世之後，他們的努力得以流傳，這群山上的居民建立了一個屬於自己的國度並持續成長，自行運作並解決隨之而起的社會及經濟問題。

經歷十五代，也就是那個帶銀礦石下山求助，卻客死異鄉者的第十五代子孫，而接下來的故事，就是這位從外面的世界來到山谷裡的人類。

一位住在基多山區附近的村民，曾離開山區到海邊，見識過這個世界，他會閱讀，是一位兼具敏銳與冒險個性的人。他曾與一群英國人攀爬厄瓜多境內的山峰，取代那位因病不能成行的瑞士嚮導。他四處登山，也曾嘗試攀登派拉史卡托比托山[1]，也就是安地斯山的馬特洪峰，後來他與外界失聯。

這個意外已轉述多次，其中以波因特的口述版本最好，波因特敘述他們一行人如何一小步一小步、艱苦攀爬那座幾近垂直的大峭壁；如何在暴風雪夜裡靠著岩石露出的一小塊空間搭建避難處。以戲劇性十足的口吻描述如何發現已經失去努納茲了——他們叫喊著，無人回應，他們不斷叫喊、吹口哨，一夜未曾闔眼。

天亮後，他們發現努納茲失足掉落前的痕跡，看來他根本沒機會呼救。努納茲向東滑落到山下，直接撞上陡峭的雪坡，然後跟著雪崩掉落。從這些痕跡看來，應該是從最險峻的那一面峭壁滑落，再過去就什麼都看不到了。波因特一行人透過漫天繚繞的雲霧眺望山腳，瞧見被樹林包圍的山谷——遺世獨立的盲眼國，但他們不知那裡就是盲眼國，也無法分辨它與其它狹谷的不同。受到這起不幸事件的打擊，波因特還來不及再次攻頂，就被迫放棄當天下午的攻頂計畫。派拉史卡托比托山至今依然無人征服，而波因特一行人的避風處也早被風雪掩埋。

但，那個失足跌落山谷的人——努納茲卻活下來了。

跌落在一千英呎深的斜坡，努納茲落到一個比先前更陡的雪堆裡，他一路翻轉、昏迷、毫無意識地往下掉，竟然毫髮無傷，最後停在一處緩坡，覆蓋在身上那層厚厚的雪救了他一命。當努納茲恢復知覺後，還一度以為自己臥病在床，但山地人的直覺讓他明瞭自身的處境，他努力掙脫雪堆，稍作休息後，便往山下走，直到夜晚來臨。

努納茲躺在一塊空地上休息，對置身的環境與發生的事感到很好奇的他檢視自己的身體，發現掉了幾顆釦子，大衣翻面綑在身上，隨身小刀從套子裡掉出，儘管已經在下頦處繫上帽繩，帽子還是不見了，此外，他的冰斧也遺落，現在腦海裡只依稀記得自己在找支撐避風帳的石頭。

他想，自己一定失足跌落山谷了。抬頭望天，在極度陰鬱的月光下，他發現這一跤跌得真深。躺在地上，瞪眼望著眼前這巨大蒼白的山塔，看著它一點一點被黑暗吞噬，這空靈而神祕的美感將他拉離現實，卻又突然被一陣如泣的譏笑聲給拉回。

許久，努納茲才發現身處雪線下方位置，這是一片灑滿月光的斜坡，黑暗中還瞧見布滿石頭的草地。他掙扎地站起身，卻發現每走一步都痛苦異常，他全身關節痛不可當，他忍痛踩著大量的積雪往下走，直到踏上草地，就癱軟倒臥在一顆大圓石旁，隨後努納茲拿出外套內袋裡的酒大喝一口，隨即陷入昏睡……

遠方樹梢上的鳥鳴聲吵醒努納茲。

努納茲坐起身發現自己正在懸崖下的小坡，那座懸崖應該就是他和那堆雪一起滾落的地方。另一側則是一堆高聳入雲的岩石堆牆。兩個懸壁夾出一道東西向的隘口，此刻的朝陽正向西照射著這道封閉隘口的另一座岩堆，再往下，又是一座十分陡峭的山崖。他瞧見隘口的雪堆後有一道煙囪狀的裂縫，不斷滴著溶化的雪水，走投無路的他只好冒險闖一闖。

努納茲發現這條山路走來倒不像表面那麼艱險，不久，他來到另一座荒蕪的小坡上，爬過一顆不難攀爬的大岩石，他看見一片長在陡坡上的樹叢。為了確認自己的方位，他往回看方才下來的隘口，看見峽谷草地向外開展，從那裡可以望見綠草地，同時他也瞥見草地上一群風格奇特的石屋。努納茲覺得自己像在攀爬牆壁一般，又過了一會兒，朝陽不再往隘口照射，方才的鳥語消失無蹤，天色愈來愈陰暗，周圍空氣也變得寒冷。遠遠房舍卻因此變得更明亮。不久後，他走到碎石堆，同時善用敏銳的觀察力，發現岩石

縫裡長著一簇深綠但陌生的羊齒類植物，他摘了一片葉子啃食莖部，發現這可以使他稍微恢復體力。

約莫中午時分，努納茲終於走出隘口，進入平地、沐浴在陽光下，他渾身僵痛疲憊不已，坐在大石的陰影下，一口喝盡水壺裡的泉水，稍事休息後再往那些房舍走去。

這些石屋很奇特，整個村落帶給他一種詭異、陌生的感覺。村裡長滿豐嫩的綠草，點綴美麗的花朵，顯然有人刻意灌溉照顧，一畦一畦有系統地細心栽種著。整個村莊被一道如護城河般的水道環繞，涓涓細流滋潤地上的農作物，較高處則是成

群駱馬嚼食著牧草，利用邊界零星散布的小屋充作駱馬的馬房或餵食區。灌溉渠道最後匯流進小河，流經村落中央，小河的兩岸又砌起及胸高度的防洪牆。

這條河道讓僻靜的村落有了奇特的都市風格，尤其許多鋪著黑白石頭的走道，每條走道邊緣都有奇形怪狀的路肩石，井井有條排列著，屋舍也不像一般山中零亂聚集。道路兩旁比鄰而建的房舍清潔乾淨，繽紛多色的房屋正面只有門，連一扇窗都沒有。這些房舍的紛亂多色毫無章法，各種顏色胡亂摻雜，像石灰隨意塗抹一般，有灰、褐、白、棕。這些狂野的色彩讓他聯想到「盲」這個字。

「這些傢伙，」努納茲心想：「一定像蝙蝠一樣瞎了。」

他走下陡坡，走到灌溉渠牆旁一處因泉水溢出而聚流成小瀑布的缺口。在這裡可以看見一群男女如午睡一般，躺臥在草堆上休息；而草原彼端，也就是靠近村落那一頭，則是一群或躺、或臥、或坐的小孩。努納茲附近則有三個男人以扁擔挑著東西，沿著灌溉渠道旁的小徑往房舍前進。他們穿著駱馬毛衣、毛靴與皮製腰帶，戴著左右及後面都有擋風罩的帽子，緩緩魚貫前進，像整晚沒睡似的，邊走邊打著哈欠。努納茲猶豫了一下，決定站在岩石上，使勁大叫一聲，聲音大到整個村子都聽得到回聲。

那三個人停下腳步，似乎是看努納茲似地朝努納茲的方向張望，努納茲振臂揮舞，但他們似乎沒瞧見他揮舞的手勢，而是將頭轉向右邊遠山大喊，似乎藉此回應努納茲的呼喊。努納茲又大吼，那三人同樣還是向右方的山回應，看來以手勢打招呼沒用，「他們是瞎子」的想法再度浮現。

「這些傢伙一定是瞎子。」努納茲不禁脫口而出。

這些人因為回應未得到進一步信號而生氣，努納茲從小橋上跨過小溪，穿過圍牆的一道門走向他們。現在他可以確定這些人是瞎子了，也確信自己來到傳說中的盲眼國。了解到這一點後，心裡不禁想：這真是一個難得、而且令人羨慕的冒險經歷呀！

那三個人比肩而站，雖然沒有看他，但耳朵卻轉向他，聽著努納茲不熟悉的步伐，他們靠得更緊，顯得有些害怕。努納茲發現這些人的眼皮緊閉、眼窩凹陷，眼球像縮小不見了，而他們此刻的表情看起來有些畏懼。

「一個男人。」其中一位以晦澀難懂的西班牙語說道：「一個男人或幽靈，從大岩石上走下來。」

但努納茲向前邁進的腳步，充滿年輕自信與朝氣蓬勃，他憶起以前有關失落秘境——盲眼國的傳聞，想到那句古老諺語，像歌曲的副歌一般：

在盲眼國，獨眼龍稱王。
在盲眼國，獨眼龍稱王。

努納茲以盲人所沒有的眼睛盯著他們，非常有禮地問好。
「他從哪來的，派卓兄弟！」其中一位盲人問道。
「從石頭上下來的。」
「我從山上下來的，」努納茲說道：「從遠方可以瞧見事物的地方來的，那個地方靠近波哥大，那裡有數十萬人口，城市的範圍大到看不到邊界。」

「看！」派卓喃喃地說：「你說『看』。」
「他是從石頭裡蹦出來的。」第二位盲人說。
努納茲注意到他們穿著樣式怪異的外套，每件都以不同的針法縫製而成。
這三人突然走向努納茲，朝他伸出手，努納茲嚇了一跳，趕忙後退以躲避伸過來的手指。
「來這裡。」第三個盲人順著努納茲的移動，俐落地抓住他。
這三個盲人抓著努納茲，一句話都沒說，直到摸遍他全身。
「小心！」努納茲大喊，因為有一根手指碰到他的眼睛。
這些盲人發現努納茲皮膚上有一種相當怪異、可以開閉的器官，於是又摸了一遍。
「好奇怪的動物！柯力亞。」派卓訝異說道：「你們摸，他粗糙的頭髮像駱馬毛一樣。」
「就像他剛蹦出來的石頭一樣粗糙。」柯力亞以柔軟而微潤的手，摸著努納茲未刮的下巴。「或許愈長會愈細緻。」
努納茲試著從檢查中掙脫，但他們反而抓得更緊。

「小心啊！」努納茲再次大吼。

「他會說話。」第三個盲人開口說道：「肯定是人。」

「嗯！你從哪裡來的？」派卓以著彷如身上那件粗糙外套般的語氣，粗聲粗氣地說。

「從外面的世界，從山谷上方離太陽不遠處，越過山脈與冰河，從那個大世界往下走，走十二天就會碰到海。」

這三個盲人似乎沒有注意他的話。

「父兄曾告訴我們，經由大自然的力量可以創造出人。」柯力亞說：「人是一種溫暖、溼潤而且會腐朽的東西。」

「我們帶他去見長老吧！」派卓以決定的口吻說道。

「先呼喊吧！」柯力亞說：「以免小孩受到驚嚇，這可是天降奇蹟的一刻！」

於是他們大聲呼叫，派卓拉著努納茲的手引他走向屋子。

「我看得見。」努納茲掙脫派卓的手說道。

「看得見？」柯力亞駭然說道。

「對，看得見。」努納茲又複述一次，但轉向柯力亞時，卻不小心撞到派卓挑的桶子。

「他的感覺器官還不是很好，」第三位盲人說：「瞧他跌跌撞撞的，還淨說些沒意義的話，我來帶他好了。」

「隨便你！」努納茲不禁失笑。

他們似乎對視力一無所知，無論如何，假以時日他會教懂他們的。

他聽見人們的呼喊，看見一群人聚集在村落中央的馬路上。

他發現這地方比想像中還令他緊張不安，尤其第一次見到盲眼國的居民。靠近房舍後，他發現這個山谷小國的規模頗大，胡亂塗抹的石灰看起來很詭異，一大群小孩和男男女女（他很高興這裡的女孩長相頗為甜美，當然，她們的眼睛也同樣緊閉、眼窩凹陷）全擠到他身旁，以柔軟敏銳的手及鼻子碰觸他、嗅聞他，仔細聆聽他說的每個字。但還是有些婦女與小孩因為害怕而躲得遠遠的，可能是他的聲音比這些人細軟的語調來得粗獷。盲人們簇擁著他，那三個嚮導將他像看管自己的財產般約束著，口中不斷說道：「這是剛從石頭裡蹦出來的野人。」

「波哥大！」努納茲大吼：「是波哥大！在越過山頂的另一頭。」

「野人說野話，」派卓鄙視地說：「你們聽聽看『波哥大』？他的腦袋才剛成形而已，他才剛會說話。」

一個小孩捏著努納茲的手，嘲弄地模仿大叫：「波哥大。」

「對啊，跟你們的村落比起來，它可算是個城市。我是從外面寬廣的世界來的，那裡的人有眼睛可以看東西。」

「他的名字叫波哥大。」那三位盲人說。

「他很容易摔跤，」柯力亞嘲弄地說：「來這裡的途中，他已經跌了兩次。」

「帶他到長老那兒。」

盲人們突然簇擁著他進入一間非常黑暗的房間，遠端有一盞微弱的火苗。盲人們在他進門後，將門關上，只剩幾道陽光照進來。還未站穩，努納茲就因撞到地上的一雙腳而跌倒，他趕緊伸出手想保持平衡，卻又不小心打到一個人的臉。結果他沒有跌在堅硬的地板上，而是在軟軟的羽毛上，他聽到有人生氣而唉叫。黑暗中突然伸出許多手緊扣住他，他掙扎了一會兒，隨即了解在這種情況下掙扎是徒勞無功的，於是躺著不動。

努納茲在黑暗中無力地說道：「我跌倒了，在這麼暗的地方，什麼都看不到。」

盲人們沉默了一會兒，試著理解努納茲的話，然後柯力亞開口說道：「他才剛形成，來這裡的時候，他還一直跌倒，話中也夾雜一些無意義的字眼。」

其他人也附議，認為努納茲的說話能力與聽力都有障礙。

「我可以坐下嗎？」努納茲停頓了一會兒，接口說道：「我不會再掙扎了。」

盲人們商量後同意讓他起身，一道蒼老的聲音開始問他問題，努納茲努力向這位坐在黑暗中的盲眼國長老，解釋他來自廣大世界。他原期望能說服盲人們，但結果剛好相反，這些人根本不會了解他所說的那些東西，甚至不了解許多現在使用的字眼。經過十四代的眼盲，已經將他們與光明世界完全隔離，祖先所知道一切關於視力的字彙漸漸消失、改變，而外面的世界也慢慢消逝或成為童話故事，他們不再關心這個封閉山牆、亂岩陡坡之外的世界。

盲者的天性與智慧，使他們開始質疑過去生活在光明世界的祖先所遺留的片斷傳統與信仰，他們摒棄那些用不到的幻想，以全新又更合理的解釋替代。大部分想像都隨著眼睛的退化而消失，取而代之的是他們以更靈敏的耳朵與指尖所發展的——另一個新的幻想世界。努納茲漸漸明白，這些盲人似乎不像他原以為的，會對他的來處與不同產生

好奇，再加上他對「視力」這概念愚蠢笨拙的解釋，更使他們以為，這不過是一個剛從石頭裡蹦出的人，在頭腦不清的情況下所做的幻想罷了！

他妥協了，感到有些沮喪，任憑長老自行闡述。

年邁的長老開始向他解釋生命、哲學與宗教，並告訴他這個世界（指盲眼國）原是石頭裡一個中空的空間，裡面全是沒有知覺的東西，然後駱馬與其他的動物開始出現，接下來是人類的出現，最後出現的則是天使。天使會唱歌、會拍動翅膀發出聲音，但沒有人可以碰到祂。乍聽之下，努納茲感到非常迷惑，但隨即意識到，原來長老指的是鳥。

長老接著又說時間可以分為暖與冷，後來努納茲才知道他指的是白天與黑夜，他們在溫暖的時候睡覺，在寒冷的時候工作。也就是說，現在是居民該就寢的時間。長老認為努納茲一定是被特別創造出來，要來學習他們所具備的智慧，而努納茲現在毫無條理與跌跌撞撞的行徑，得加緊努力學習才能改善，此時，屋裡內外聚集的人全都低語表示同意。

長老說晚上——盲人將白天說成晚上——已經過了，他認為大家應該回去休息。長老又問努納茲是否知道如何睡覺，努納茲回答知道，但要求睡前能先吃些東西。於是盲人們帶了吃的東西給他：一碗駱馬奶與粗鹹的麵包，並將他帶往安靜的地方用餐，用餐後便上床睡覺，直到夜晚來臨，山裡冰冷的溫度將他們喚醒，新的一天又開始。

但努納茲完全無法入眠，於是坐起身來，這裡只留他一人，伸展著疲憊的四肢，反覆回想自己是如何走到這始料未及的地步。努納茲偶爾發笑，有時覺得愉悅，有時則有些氣惱。

「沒有完全成形的心智！」努納茲感嘆地道：「還沒有感知能力！他們根本不知道自己侮辱了從天國派下來的國王與主人……我看，得給他們上些課才行，待我想想，待

我想想……」直到太陽下山，他還在想。

努納茲一向懂得欣賞美麗的事物，而這片在夕陽餘暉映照下，環繞整個山谷四周的雪地與冰河，恐怕就是他所見過最美麗的景象了。他的目光從這片燦爛的景致轉到村莊和那片泉水灌溉的農田，一切的景物迅速地被微暗的天色籠罩，此時一股感動湧上心頭，他由衷感謝上帝賜予他可以看見事物的能力。

他聽到村裡傳來叫喚他的聲音。

「喂！波哥大，過來！」

他微笑起身，他要讓這些人知道「視力」可以帶來什麼樣的力量！他要他們尋找他，卻找不到他。

「波哥大，你來不來！」那道聲音又傳來。

努納茲無聲地笑著，悄聲從道路往旁邊移兩步。

「喂！波哥大，別踐踏草皮，那樣是不行的。」

努納茲根本沒聽到自己有發出什麼聲音，他停下腳步，感到非常不可思議，出聲的人從這條雜色石頭鋪成的道路朝他走來。

「我在這裡。」努納茲退回到石頭路上，說道。

「剛剛叫你，怎麼不過來？你一定得像小孩一樣被牽著才會走嗎？你走路聽不到自己的腳步聲嗎？」

「我可以看得見。」努納茲笑道。

「沒有『看』這個字。」盲人停頓了一下，繼續說：「別再胡言亂語了，跟著我的腳步聲走。」

努納茲有些光火地跟著他。

「總有一天。」

「總有一天你會學會，」盲人答道：「這世界要學的東西可多著！」

「有沒有人跟你們說過，『在盲眼國獨眼龍稱王』這句話？」

「『盲』是什麼？」那盲人一副毫不在意的模樣問他。

四天過去了，直到第五天，這個夢想成為盲人之王的老兄，仍然被大家當成一位笨拙、無用的陌生人。

努納茲發現宣稱自己是眾人之王，比當初想像更困難，因此「登基」前，只好依眾

盲人的指示行事，學習盲眼國的生活習慣。現在最讓他感到頭痛的，就是在夜晚工作，於是他決定這是登基後第一件要改變的事。

盲眼國裡的人都過著簡單、勞動的生活，擁有善良、愉快的特質；他們辛苦勞動，卻不給自己壓力；他們衣食無虞，卻不奢求其他；他們有休息的日子與季節；他們懂得製作許多音樂並且時常高聲歡唱；大人與小孩之間充滿關心與慈愛。這個秩序良好的山谷國度，以令人吃驚的自信與精準運作著。

在這裡所看到的每件事，都是依自身需求而量身訂作，繞行在村裡四通八達的路，都是以精確的角度相互連接，路旁又以刻有符號的路肩石作為區隔，小徑與草皮上的障礙物或不平整處，早就被清理得一乾二淨。

盲人們處事的方法與程序都依自然所需而做。他們的感官異常靈敏，可在十步之遙聽到或感受到一個人細微的一舉一動——甚至可以聽到人的心跳，說話語調早就取代面部表情與各種手勢；他們使用鋤頭、鏟子與草叉時，就像明眼人做起園藝一般隨心所欲；嗅覺也十分敏銳，可以像狗一樣聞出彼此的不同；另外，當他們照顧經常棲息在石頭或牆頭上覓食的駱馬時，也是像在平地一般自在與輕鬆。努納茲嘗試之後，才發現他們真的動作自如、充滿信心。現在努納茲與盲人們相處和睦，只有在試圖說服他們的時候，他們才會生氣。

起初，努納茲會利用某些場合談起有關視力的話題。

「看看你們這些人……有好多事情你們是無法了解的。」

有幾次會有一、二個人來聽，盲人面朝下坐著、耳朵朝向努納茲，他竭盡所能地敘說能看見東西的感覺。他特別想說服其中一個女孩，因為她的眼睛比較不那麼凹陷、眼皮也不那麼紅，看起來彷彿有雙眼睛一般。

他訴說視力的美好，可以看見山巒、天空與朝陽。起初盲人們只覺得好玩但無法置信，後來卻變成對他的責備。盲人告訴他，世界上沒有山巒這種東西，駱馬站立吃草的那堆岩石就是世界的邊緣，上面則是天頂，也就是露水與雪崩降下的地方。當努納茲堅持世界沒有盡頭也沒有天頂的時候，盲人們認為他的想法很邪惡。努納茲向他們解釋天空、雲彩與星星，似乎也是白費力氣，因為在他們的認知裡，天頂是一大片非常平滑的空白，不可能有其它東西在上面——他們相信天頂摸起來非常平滑。努納茲發現他的做法只會讓盲人們害怕，於是放棄解釋，轉而向他們展示視力的實際價值。

一天早上，他看到派卓從十七街的石子路朝村中的屋舍走來，以派卓目前的位置遠超過聽力或嗅覺所及的範圍，於是努納茲向大家預告：「再等一下，派卓待會兒就會過來。」

一位老人聽了，立即表示派卓不會到十七街，結果派卓就像聽到老人的話一般，突然在交叉路口轉往第十街，小碎步地往外牆走去，引起盲人們哄堂大笑。隨後努納茲向派卓詢問，希望能還自己清白，派卓卻面露不滿地否定，此後也對努納茲不那麼友善。

然後努納茲又說服他們，派一個人與他一路往草原上方走，一直走到石牆邊，他告訴盲人們，他可以一一細數另一端房舍的景象，也可以敘說屋舍前面與旁邊所有的物品、擺設；然而對盲人們而言，房舍內的物品才是比較重要的東西。努納茲無法回答房內的擺設，所以又告失敗。努納茲所有的方法皆告失敗，遭到不停的嘲笑，最後他只好訴諸武力。

他想到可以圓鍬突擊一、二個居民，讓大家知道明眼人在打鬥時所占的優勢。但一拿起圓鍬，卻發現自己無法對盲人下手，他的心沒那麼狠，內心猶豫著，也發現四周的盲人都注意他手裡的圓鍬，他們全都提高警覺，側著頭、豎起耳朵，仔細注意接下來的舉動。

「將圓鍬放下！」一位盲人怒道。

努納茲內心感到一股無助的恐懼，幾乎就要順從了，倏地他推開一個人，逃離村子。他迅速橫越村裡的草原，在身後留下一道被踐踏過的草痕，然後坐在路旁，心裡有一種打鬥前卻又更複雜的浮躁感，他開始明白自己不可能與心理層級不同的人打鬥。突然他看見有一群人帶著圓鍬與棍子，從遠方村落裡的街道或房屋走出，他們四散開來，沿著不同的道路從四面八方走來。他們前進的速度很慢，不時相互交談，走在最前面的領隊甚至會停下來嗅聞空氣中的氣味或仔細聆聽聲響。

剛開始看到這陣仗，努納茲還不禁大笑，但隨後的發展卻令他笑不出來——盲人中有一位發現遺留的那道草痕，彎著腰一路摸了上來。

努納茲觀察這群緩慢前進的隊伍達五分鐘之久，然後起身，往牆壁方向邁了一步，然後又往回邁了一小步，但這無意的舉動卻立即使那群人騷動起來，他們全挺起腰站立，駐足聆聽動靜。

努納茲站著不動，雙手緊抓圓鍬，他該展開攻擊嗎？

他似乎可以聽見那句歌詞在耳際迴響著。

在盲眼國，獨眼龍稱王。

他應該展開攻擊嗎？

努納茲回望背後高聳無法攀抓的牆壁——因為它被塗上勻稱的石灰，儘管牆上鑿有許多小門，這些小門都位在村民前來搜尋的道路，他們身後，還有其他人也從村裡追趕出來。

他應該展開攻擊嗎？

「波哥大！」一道聲音叫道：「波哥大！你在哪裡？」

他緊抓著圓鍬，往草坡下的聚落走，直接走進居民聚集之處。

「誰碰我，我就打誰。」努納茲大聲發誓說道：「我對天發誓，我會真的打哦！你們聽好，在村子裡，我想去哪裡就去哪裡！你們聽懂嗎？我想做什麼就做什麼，想去哪裡就去哪裡！」

盲人們往他的方向移動，以極快的速度摸索前進，就像玩盲人遊戲一般，除了他之外，所有的人都戴著眼罩。

「抓住他！」有人高喊。

他發現置身於一群鬆散、成弧線排列的人群中，他知道自己得立刻果斷地採取行動才行。

「你們都不了解，」努納茲大喊，原本應該是強大果決的聲音卻沙啞了。「你們都是瞎子，只有我看得見，你們滾開！」

「波哥大！放下圓鍬走出草地。」

「我會傷害你哦！」這道最後的命令，像在城市裡很常見的古怪感覺，不由得一陣怒氣襲上心頭，努納茲激動地流淚道：「我對天發誓，我會傷害你！給我滾開！」

儘管不知道要跑向何方，努納茲還是拔腿奔跑，他從最近的盲人身旁穿過，因為他害怕自己會打他。他突然停下腳步，原打算從盲人包圍的隊伍中衝刺脫困，但兩旁的人一發現他步伐快速接近，便撲向他，他向前奔去，眼見有人即將抓住自己，於是「啪」一聲，努納茲舉起圓鍬打他，他可以感覺到手掌與手臂有一陣輕微的震動，被打的人應聲倒地，而他則順利脫逃。但現在，他又接近街道與聚集在此的盲人，這些人揮舞著圓鍬與棍棒，迅速地從四面八方湧來。他聽到身後有人接近，轉頭發現一位高個子的男人往他衝來，並朝他出聲的地方揮打，努納茲開始感到緊張，舉起圓鍬朝距那人約一碼的地方投去，急轉向另一方逃跑，然後驚叫躲過另一個人。

努納茲非常慌張、狂亂左閃右躲，即便無人，他也如驚弓之鳥般往旁邊閃去，他焦躁地左顧右盼，一不小心跌倒在地，那群人聽到他跌倒的聲音。這時，他瞧見遠方的圍牆上有一道門，彷彿望見救星一般，他毫不考慮地衝去，也不管身後追趕人，衝過圍牆後，踉蹌地跨過小橋，向前爬了一段岩石區，一隻駱馬受到驚嚇狂奔而去，他則累得躺在地上喘氣，這下終結了努納茲所謂的稱王夢。

努納茲躲在村莊外牆兩天兩夜沒有進食飲水，心想這意料之外的結局，然而「在盲眼國，獨眼龍稱王」的歌詞卻不斷在他腦裡盤旋。他認定除了以武力征服之外，別無他法，但他沒有武器，眼前要找武器也非易事。即使是在文明腐敗的波哥大，他都不曾沉淪到會想暗殺瞎眼之人。當然，如果要這麼做，那可能得殺掉全部的人才行，否則他遲早會遭到報復，因為……因為他遲早會睡著……

他試著在松樹間找些食物，在結霜的夜裡躲在松樹下取暖，儘管沒有把握，他還想以石頭設計誘捕駱馬，好宰了牠充飢。但駱馬速度比他快多了，而且駱馬也不信任棕眼的他，只要一靠近就會向他吐口水。隔天，他懷著滿腹恐懼，全身顫抖地往下爬到村莊牆邊，試圖彌補先前的作為，順著溪流而下，努納茲大聲叫喊，直到有兩個盲人走出門外與他對談。

「我突然發瘋了，但現在我又重生了。」

他們說最好是這樣。努納茲以目前虛弱的病態，毫不做作地流著淚表示，現在他聰明多了，並對先前的行為深感悔悟，居民將他的舉動視為動機良善的表示。山谷居民又接著問他，是否還認為自己可以「看」東西。

「不！」努納茲痛苦地說道：「那真是愚昧的行為，那個字眼沒有意義，什麼都不是！」

居民又問他，往上爬去的地方是什麼。

「大約十人身高之處有石頭做成的天頂，那是世界的頂——非常非常平滑——非常

美麗而平滑……」

努納茲無法控制地流下眼淚說：「在你們問更多問題之前，可不可以先給我一些食物，我快餓死了。」

努納茲期待他們能處罰他過去荒唐的行為，但很令人意外，這群盲人有顆寬容的心，他們認為他的舉動只是再次證明——他是個愚蠢又低等的人，將他處以鞭刑後，便指派他從事一些最簡單、粗重的工作，努納茲也知道，除了依指示行事外，想活下去，別無他法。

努納茲病了幾天，這些盲人悉心照料，使他更為順服。但盲人們堅持要讓他睡在全黑的地方，這倒使他非常不適應。哲學家試著要糾正努納茲邪惡的想法，他努力要讓努納茲相信世界的確是像倒蓋的大碗，上頭是一片平滑的石蓋，哲學家的說詞相當動人，讓努納茲幾乎要懷疑自己是患有幻想症的人。

此後，努納茲正式成為盲眼國的公民，而他也將盲人們從群體的歸類縮小到對個人的歸類，他開始認識這裡的人。

外面的世界則變得愈來愈遙遠、愈來愈不真實。在他認識的這一群人中，有位賈伯，這是他的老師，一個不生氣時非常仁慈的人，而派卓則是賈伯的姪子。

另外，還有瑪迪娜．沙羅特，是賈伯最小的女兒。在盲人的審美標準下，瑪迪娜在盲眼國裡並未受到足夠的尊重，因為她的輪廓分明，缺乏此地人喜歡的平滑臉型。儘管如此，努納茲第一眼見到她，就認定她是山谷裡最美的女孩。此地的女孩一般都有凹陷且泛紅的眼皮，但瑪迪娜長長的睫毛下的雙眼卻給人像是隨時睜開的感覺，村民認為這是外貌上的瑕疵。另外，她的聲音太柔弱，也無法滿足對爽朗聲音有所偏好的盲眼國男子。

努納茲曾想過，如果能追到瑪迪娜，他願意一輩子住在盲眼國。

他時時刻刻都注意她，找機會幫她的忙，最後瑪迪娜終於注意到他了。在一次休假聚會中，在微弱的星光下，他們比肩而坐，身旁飄著甜美的音樂聲。努納茲牽起她的手，嘗試用力握緊，瑪迪娜也溫柔地握緊了些。有一天，在黑暗中進餐時，他發現瑪迪娜柔軟的手正輕輕觸碰著他，兩人之間激起火花，他可以望見她臉上的溫柔。他開始找機會與瑪迪娜談話。

某天，他瞧見瑪迪娜正沐浴在夏夜的月光下，皎潔的月光讓她置身在靜謐的銀光中，如此動人。努納茲往她身旁坐下，告訴她，他有多麼愛她，告訴她，對他來說她有多麼美麗。努納茲以情人溫柔、誠摯甚至有些敬畏的語調敘說著，以她從未感受的深情觸摸她，雖然瑪迪娜沒有給他一個明確的答案，但顯然他的話的確取悅了她。

此後，只要有機會努納茲就會去找她談天，現在小村子成了他全部的世界，外面的世界此刻似乎已成了童話故事，但他還是小心地提起有關視力的話題。

視力之於她，就像詩篇般夢幻，瑪迪娜聽他描述星星、山巒與她白天所呈現的美貌，彷彿一種充滿罪惡的放縱與耽溺。不過瑪迪娜無法相信，而且半知半解，卻不知為何覺得愉快；但對努納茲而言，卻好像她能完全理解。

努納茲的愛漸漸退去敬畏的成分，變得大膽露骨，他打算向賈伯和長老們提出與瑪迪娜結婚的要求，瑪迪娜卻感到恐懼，努納茲只好遲遲不敢行動。直到瑪迪娜的姊姊向賈伯敘說這件情事。

一開始，他們的戀情就遭到極大的反對，倒不是因為瑪迪娜的長相，而是大家都認為努納茲是一個白癡、無能的傢伙，不像正常的男人。瑪迪娜的姊姊也認為這件事會帶給她們極大的羞辱。至於賈伯，雖然還頗喜歡這位笨拙、聽話的奴僕，卻也搖頭表示不可能。盲眼國裡的男人們都生氣地認為，這會破壞種族的純正，甚至還有人對努納茲惡言相向，還動手打努納茲。雖然努納茲立即還手，這是他第一次發現可以看見的好處，儘管天色昏暗，打完架後，也沒有人敢再對他動手。但，他與瑪迪娜的婚事卻仍石沉大海。

老賈伯很疼惜這個小女兒，當她倚在老賈伯肩膀哭泣時，老賈伯也深感為難。

「女兒啊！妳要想清楚，努納茲是個白癡，還有幻覺，什麼事都做不好！」

「我知道，」瑪迪娜哭道：「但實際上，努納茲是個不錯的人，他在進步，而且也很強壯。爸，在這世界上還有誰比他更強、對我更好？更重要的是，他愛我！而我，爸，我也愛他！」

老賈伯對於無法安慰女兒深感困擾，此外，更困擾的是，他自己其實也覺得努納茲這小子不錯。所以賈伯來到沒有窗戶的諮詢室，想見見長老們探探口風，而且在最適當的時機說道：「其實努納茲還不錯，我相信總有一天，他會像大家一樣正常。」

其中一位長老沉思了一會兒，想出一個點子。他是村裡出名的醫生、藥劑師、哲學家，也擁有創新的心智，他認為自己可以治療努納茲與人不同的外表。幾天過後，老賈伯又向長老們提到這個問題。

「我已經檢查過了，」長老開口說道：「我已經明白他的病，我認為應該有救。」

「我也一直這麼希望！」老賈伯欣慰地說。

「他的腦子被感染了。」盲眼醫生說道，其他長老也附議。「那麼，是什麼東西感染的？」

「哦！」老賈伯發出疑惑。

「是眼睛！」醫生喃喃說道：「是那一雙叫眼睛的怪東西，讓他的臉變得令人難以接受，這是一種病，我認為就是那一雙眼睛感染他的腦子，眼睛擴散得很快，它有睫毛還有會移動的眼珠，使得他的腦子長時間處於刺激與干擾。」

「所以呢？」老賈伯困惑地問道：「那要怎麼做？」

「我可以斷定，要治癒他的病，只要動一個簡單容易的外科手術，也就是拿掉那兩顆影響他腦袋的眼睛。」

「那他的腦筋就會變清楚嗎？」

「會的，他會恢復神智，變成一個受人崇敬的公民。」

「真是感激老天創造了科學！」

老賈伯立刻向努納茲敘述這個令人興奮的消息。

但努納茲聽了，卻如同晴天霹靂般，全身發冷、失望透頂。

「其他的人如果知道你的反應，會以為你根本不在乎我女兒。」老賈伯怒道。

瑪迪娜也努力說服努納茲勇敢地面對眼睛移除手術。

「妳不會要我犧牲上天賦予的視力吧？」努納茲哀傷地問道，然而瑪迪娜只是搖搖頭。

「我的世界就是我的視力啊！」

瑪迪娜的頭垂得更低了。

「有許多美麗的事物，像花朵、石頭上的苔蘚、皮革的光澤與柔軟、遠處飄來的雲、日落與星晨、還有妳，光是能看見妳，就值得擁有視力，我可以看見妳甜美、安詳的臉龐、豐潤的雙唇，一雙美麗的手交疊著……妳吸引我的目光，是我的眼睛將我拉向妳！若如那些蠢人所想的，以後就只能摸妳、聽妳、永遠也看不到妳，我得從黑暗的岩石屋頂——也就是你們想像的地方來接近妳……不，妳不會這麼對我吧？」

努納茲的心中突生一種不快的疑惑，於是不再說話。

「我希望，有時……」瑪迪娜停頓了一下。

「嗯？」努納茲有點擔心地回應。
「有時候，我會希望你不要說那些事。」
「哪些事？」
「我知道那聽起來很美，但那畢竟只是你的幻想。我很喜歡，但，現在……」
「現在如何？」努納茲感到渾身冰冷，虛弱地回應著。
瑪迪娜靜默不語地坐在一旁。
「妳的意思……妳認為……我應該，我最好……最好……」
努納茲突然領悟，他為可悲的命運感到生氣，也為她缺乏理解力深感同情，幾近憐憫的同情。
「親愛的。」努納茲望著那張壓抑擔憂的蒼白臉蛋，一副緊張不安的模樣，於是摟著瑪迪娜，親吻她的耳朵，讓沉默籠罩著他們。
「如果我同意動手術呢？」最後，努納茲終於柔聲地問道。
「只要你答應，只要你答應！」瑪迪娜抱著他，痛哭道。

在決定動手術讓自己奴役卑微的地位提升到公民階層的前一週，努納茲輾轉難眠，在村人們沐浴在暖陽下熟睡時，他漫無目標地亂走，試圖說服自己去面對這種兩難。他已經答應要動手術，卻無法確定心意。在最後一天的工作結束時，朝陽將山頂照得金光燦爛，這是他擁有視力的最後一天了，在睡前他與瑪迪娜小聚片刻。

努納茲難過地說：「明天，我再也看不到了。」

「親愛的甜心！」瑪迪娜緊握著他的手答道：「手術應該不會太痛，你一定熬得過，你會的，親愛的，為了我……親愛的，如果一個女人的心與性命可以作為補償，我會以一生來回報你！我最溫柔的聲音、最親愛的人，我會以一生來回報你。」

努納茲為兩人的愛感到可悲，雙手環抱著瑪迪娜，深深一吻，這是最後一次可以看見她甜美的臉蛋。

「再見！」努納茲向即將逝去的視力說，然後沉默離去。

瑪迪娜聽見他緩慢離去的腳步聲，這聲音讓她有一種想哭的衝動，他走了……

努納茲走到長滿美麗水仙花的草原上，他要待在這兒直到為她犧牲的那一刻來臨。走著、走著，努納茲抬頭望著早晨的天空，像穿黃金盔甲的天使，順著山坡向下邁步前進……

在這壯麗的景色前，他與盲眼國、與心愛的人、與一切的一切，不過就像充滿罪惡的深淵。

他並未像先前打算轉身回去，反而直接穿過圍牆走出岩石堆，他的目光直視著被太陽照射的冰塊與雪堆，欣賞這片無盡的美景，他想像自己高高地飛過一切，越過現在的位置直向永恆飛去。

努納茲憶起外面廣大、自由的世界，他獨有的世界，看著山巒下的遠方——波哥大，一個四處充滿美景的地方，每個白天都有壯麗的榮景，每個黑夜都有閃爍的神祕，宮殿裡有噴泉、雕塑與白色的屋子，那般美麗地座落在不遠的前方。

他又憶起，某天所經過的擁擠街道與巷弄；想起過去那段遊河經歷，一天一天地從頭回憶，想到他們從波哥大向更遠的世界前進，穿過城市與村莊、森林與沙漠，沿溪流急奔而下，直到兩岸退去，大河湧入海洋——一望無際的海洋，有著數以千計的島嶼，舟船遠遠地消失在無盡的天邊，航向更大的世界。而另一邊，未被山擋住的地方，可以看見天空，不像這裡看到的那種圓盤般的天空，而是一片無盡的藍，非常非常深的藍，藍到周而復始運轉的星星好似飄浮在上面一般。

努納茲開始仔細地審視這面龐大的山壁簾幕，如果現在有一個人沿著峽谷往上走，走到那道如火山般的裂縫處，接下來應該可以順著松樹爬到更高處，一直往上爬，直到走出峽谷。然後呢？碎石堆應該也能應付，也許再往上爬，就能抵達堆滿冰雪的懸崖，如果火山裂縫崩塌，那往東再過去一點點的地方也是不錯的選擇。然後呢？如果運氣夠好，就能走出琥珀色的雪堆，來到荒蕪山頂的一半路程。

努納茲回頭望了村莊一眼，再回過頭來，雙臂交疊努力思索；他想起瑪迪娜，但她已經變得渺小而遙遠。

他再度轉向被太陽照射的山壁，然後小心翼翼地往上攀爬，等到日落時分才停止，

這時，他已爬到又遠又高的地方，衣服磨破了，手腳也沾滿血漬，身上有多處瘀傷，他全身放鬆地躺下，臉上還掛著一抹微笑。

往方才來的地方望去，盲眼國現在看來就像一個距離一里遠的小坑。天色在山霧和山影的籠罩下，漸漸變暗，但環繞的山頂有像火和光一樣的東西，那些東西在岩石上閃閃發光、十分美麗，像一塊綠礦石透著灰色，到處都是小水晶發出的光芒，一些細小橙色的青苔在靠近他臉的地方。峽谷裡深遂且神祕的陰影，由藍漸轉深變紫，接著由紫轉為亮黑，頭上則是巨大無垠的天空，他不再注意這些，只是靜靜躺著，只因為終於逃離盲眼國而露出滿足的笑容，那可是曾想要稱王的地方呢！

日落的光彩消逝，黑夜緊接著來臨，他只是靜靜躺著，在冷冽、晴朗的星空下。

---

1 Parascotopetl，為作者虛構的一座山。在瑞義邊境的馬特洪峰是陡峭的錐形山，因此很多錐形尖峰被別稱為該地區的「馬特洪峰」。

國家圖書館出版品預行編目資料

黃色壁紙：英美短篇小説精選 1 / 夏綠蒂 · 柏金斯 · 吉爾曼等著；王若英譯 . -- 初版 . -- 臺北市：八方出版，2017.09

面； 公分

譯自：The Yellow Wallpaper

ISBN 978-986-381-166-4(平裝)

874.57 106015561

黃色壁紙：英美短篇小説精選 1

作者 / 夏綠蒂 · 柏金斯 · 吉爾曼 等
譯者 / 王若英

發行人 / 林建仲
副總編輯 / 王雅卿
執行編輯 / 陶樂思、駱潔
美術編輯 / 蕭彥伶
封面設計 / 李涵硯
版型設計 / 李涵硯

出版發行 / 八方出版股份有限公司
地址 / 臺灣臺北市中正區 10076 重慶南路三段 1 號 3 樓 -1
電話 / (02)2358-3891 傳真 / (02)2358-3901
E-mail / bafun.books@msa.hinet.net
郵政劃撥 / 19809050 戶名 / 八方出版股份有限公司

總經銷 / 聯合發行股份有限公司
地址 / 臺灣新北市 231 新店區寶橋路 235 巷 6 弄 6 號 2 樓
電話 / (02)2917-8022 傳真 / (02)2915-6275

定 價 / 新台幣 320 元
I S B N / 978-986-381-166-4
初版一刷 2017 年 9 月